ÜBER DIESES BUCH

Wer wagt, gewinnt!

Wie könnte eine anständige, leicht unbeholfene und stark koffeinsüchtige Privatdetektivin eine Mutprobe ablehnen? Kurze Antwort: Sie kann es nicht. Und nun versuche ich verzweifelt, herauszufinden, wie ich eine ganze Woche lang ohne Kaffee auskommen soll!

Wie soll ich damit klarkommen, wenn meine Laune mies, meine Stimmungen schwankend und meine Geduld längst am Ende sind? Und mit ‚damit' meine ich die Leiche in meinem Vorgarten.

Bevor ich „Doppelter Espresso" sagen kann, habe ich einen Geist, dessen Übergang ins Jenseits alles andere als reibungslos verläuft, eine übergewichtige

Katze, die unablässig über ihre neue (definitiv notwendige) Diät schimpft, und ein Rätsel, dessen Lösung mehrere Besuche in der örtlichen Brauerei erfordert. Vielleicht hat dieser ganze Wahnsinn ja doch noch etwas Gutes an sich ...

Geist, lass nach

Ein Paranormaler Cozy Mystery Crime
DIE GEISTERDETEKTIVIN BAND 5

JANE HINCHEY

Übersetzt von
TANJA LAMPA

Ingle Farm, SA 5098

Australien

KAPITEL 1

*I*ch hatte gerade den besten Traum überhaupt gehabt. Einer, in dem ich ein Café besaß und unbegrenzten Zugang zu Kaffee hatte. Wir sprachen von Affogato, Americano, Caffè Latte, Caffè Mocha, Café au Lait, Cappuccino, Espresso, Espresso Macchiato, Latte Macchiato und was es sonst noch alles gibt. Wenn Sie so wollen also einen Kaffee-Porno. Und er hat mir gut gefallen. Sehr gut sogar.

Es war der dritte Traum dieser Art in dieser Woche und die Folge einer dummen Wette mit meiner Schwägerin Amanda. Warum habe ich mich bloß von ihr ködern lassen? Warum bin ich nicht einfach weggegangen? Ich wusste, dass es ihr neuester Versuch war, *mich zu reparieren*. Laut

Amanda konnte meine angeborene Ungeschicklichkeit geheilt werden und ihre neueste Therapie bestand darin, Koffein aus meinem Leben zu verbannen. Das Ganze hatte unfreiwillig begonnen, als sie hinter meinem Rücken meine Kaffeepads gegen koffeinfreien Kaffee ausgetauscht hatte.

Von diesem Moment an waren die Dinge eskaliert. Ich konnte diese Grenzüberschreitung natürlich nicht ungestraft lassen. Also tauschte ich ihr Bio-Shampoo und ihre Bio-Spülung auf Pflanzenbasis gegen die billigste Supermarktmarke aus, die ich finden konnte. Sie war natürlich furchtbar wütend geworden und ich hatte ihr ganz unverblümt erklärt, dass sie *meinen Kaffee* versaut hatte, woraufhin sie mich herausgefordert hatte. Eine Woche ohne Kaffee.

Kein Problem!, hatte ich gespottet und ihre Hand geschüttelt, um den Deal zu besiegeln. Sollte ich gewinnen, würde sie sich nie wieder in mein Leben einmischen. Wenn ich verlor? Müsste ich für immer auf Koffein verzichten.

Aber irgendetwas riss mich aus dem schönsten Traum der Welt und stupste mich unentwegt an. Ich rollte mich zu einer Kugel zusammen, zog die Bettdecke bis unter das Kinn und jagte dem Traum hinterher, der mir immer mehr entglitt, weil ich mein kaffeeseliges Nirwana nicht verlassen wollte.

Dann setzte die Musik ein. Zunächst ganz leise, dann immer lauter. Irgendwas mit einem brennenden Baby. *Was?* Nach einem Moment erkannte ich Pitbulls liebliche Stimme, mit der er ‚Fireball' sang ... der Klingelton meines neuen Handys. Stöhnend riss ich die Augen auf und tastete auf dem Nachttisch danach, wobei es mir gelang, es auf den Boden zu werfen, wo Pitbull sein Gejaule fortsetzte.

Ich schaute zu dem toten Mann, der am Fußende meines Bettes stand.

„Kommen Sie da dran?" Meine Stimme klang wie rostige Nägel. Kein Wunder, denn ich hatte mir angewöhnt, den Kaffee durch Whisky zu ersetzen. Ich würde meinen Körper durch eine Woche ohne Kaffee und in Alkohol eingelegt bringen, selbst wenn es mich umbringen würde.

„Ähm, ans Telefon?", fragte er verwirrt.

„Mmm." Ich schloss die Augen.

Dead Guy räusperte sich. „Ich bin mir nicht sicher ..."

„Egal." Ich streckte einen Arm über die Bettkante, suchte nach dem nervenden Telefon und tastete mich immer weiter, bis das Unvermeidliche geschah.

Ich fiel aus dem Bett und landete mit einem dumpfen Aufprall auf dem Boden.

„Alles okay?" Dead Guy sah besorgt aus.

Ich ignorierte ihn und griff nach meinem Telefon. „Was?"

„Ich wollte mich nur mal kurz melden." Amandas Stimme war so willkommen wie ein Schamhaar-Waxing bei Vollmond.

„Dafür rufst du um halb fünf Uhr morgens an?" Ich lag auf dem Boden und starrte an die Decke, um ein besonders kreatives Spinnennetz zu bewundern, das an der Lampe herunterbaumelte.

„Es ist sechs Uhr und du weißt ganz genau, dass ich jeden Tag zur selben Zeit anrufe."

Ja, das tust du. „Um sicherzugehen, dass ich nicht tot bin", brummte ich.

Ich drückte eine Taste am Telefon, um das Gespräch zu beenden, aber es war durchaus möglich, dass ich stattdessen den Pizzalieferanten anrief … es wäre zumindest nicht das erste Mal. Seufzend rollte ich mich auf die Seite und kam mühsam auf Hände und Knie, um schließlich mithilfe der Bettkante auf die Beine zu kommen.

Ich schlurfte in Richtung Badezimmer und zeigte mit dem Finger in Richtung des toten Mannes. „Sie warten hier." Das Problem mit Geistern war, dass sie keinen Sinn für Grenzen hatten. Nur weil man durch Wände gehen konnte, hieß das nicht, dass man das auch tun sollte. Vor allem nicht, wenn ich im Bad war.

Ich setzte mich auf die Toilette und lauschte dem Kratzen, das von der anderen Seite der Tür kam. Ich verdrehte die Augen und schrie: „Thor, Bandit. Hört auf damit!"

Sobald die beiden wussten, dass ich wach war, verfolgten sie mich immer so lange, bis ich ihre Futternäpfe gefüllt hatte. Nur dass Thor, mein großer, grauer Teddybär von einem Kater – die Betonung liegt auf *großer* – auf Diät war. Das bedeutete, dass Bandit, meine kürzlich erworbene Waschbärin, ebenfalls rationiertes Futter bekam. Nicht, dass Bandit das zu stören schien. Aber Thor? Der Nachteil an einem sprechenden Kater war, dass man sich ständig sein Gejammer anhören musste. Sehr viel Gejammer.

Nachdem ich mir die Hände gewaschen und Wasser ins Gesicht gespritzt hatte, stieß ich die Tür auf. Die beiden pelzigen Tiere begrüßten mich mit übertriebenem Enthusiasmus, bevor sie mir den Weg nach unten wiesen und mir Komplimente machten, wie frisch und schön ich heute Morgen aussah. Alles Lügen in der Hoffnung, mehr Futter aus mir herauszuholen.

Dead Guy folgte meiner Entourage und stand nun in meinem offenen Wohnzimmer. Ich legte den Kopf schief und taxierte ihn von oben bis unten. Er trug Jeans, ein einfaches T-Shirt, Halbschuhe ohne Socken und ein paar Stoppeln auf dem kantigen Kinn. Er kam mir irgendwie bekannt vor.

„Und?", fragte er hoffnungsvoll.

Meine Schultern sanken in sich zusammen. Dafür brauchte ich wirklich Koffein. „Okay. Tun Sie sich keinen Zwang an." Ich gab ihm ein Zeichen, weiterzureden.

„Ich glaube, ich bin tot", sagte er.

Oh mein Gott, dafür hat man mich aus dem Schlaf gerissen? Ich tat mein Bestes, um nicht die Augen zu verdrehen oder ihn Captain Obvious zu nennen, denn auch wenn für ihn das Geistsein neu war, so war ich doch nur allzu vertraut damit. Mein bester Freund Ben war ein Geist und ich sah ihn und sprach mit ihm seit fast einem Jahr. Ich schaute mich nach ihm um, aber er war noch nicht von seinen nächtlichen Streifzügen zurückgekehrt. Da er keinen Schlaf brauchte, amüsierte sich Ben, indem er Schlaflose besuchte und mit seinen ahnungslosen

Freunden Netflix oder, vorzugsweise, den Shopping-Kanal schaute.

„Ich fürchte ja." Ich drehte mich um, griff nach einem Glas und hielt es unter den Wasserhahn. Dann öffnete ich auf der Suche nach Schmerztabletten die oberste Schublade, fand aber keine. Ich stellte das Glas etwas härter als beabsichtigt ab, wobei der Inhalt über den Rand schwappte.

Dead Guy sah erschrocken aus und ich zwang mich, einen beruhigenden Atemzug zu nehmen. Es war nicht seine Schuld, dass ich verkatert war. Oder koffeinfrei. Warum er allerdings in meinem Wohnzimmer stand, war mir ein Rätsel.

„Warum sind Sie hier?"

„Um Sie zu sehen." Er schaute zur Vorderseite des Hauses und dann wieder zu mir.

„Habt ihr Geister ein Handbuch oder so etwas? Woher wussten Sie überhaupt, dass ich Geister sehen und mit ihnen reden kann?"

„Das wusste ich nicht. Ich war auf dem Weg zu Ihnen, als ich …"

Endlich fiel der Groschen. „Oh! Sie meinen, Sie sind gerade hergekommen, um mich zu sehen, als sie gestorben sind?"

„Ja."

Ich zeigte auf die Haustür. „Sie waren dort? Auf der anderen Seite dieser Tür?"

„Ja."

Nur um sicherzugehen, machte ich einen Schritt auf die besagte Tür zu und zeigte auf sie. „Diese Tür?"

„Ja."

„Warum?"

Er öffnete den Mund, zögerte und schloss ihn dann wieder, wobei er die Stirn runzelte und die Augenbrauen zusammenzog. „Das ist eine verrückte Sache. Ich weiß es nicht mehr. Ich *weiß*, dass ich auf dem Weg zu Ihnen war. Ich weiß nur nicht mehr, warum."

„Okay." Es war nicht das erste Mal, dass das passierte. Todesamnesie. Ben war es auch passiert, nur hatte er nicht gewusst, dass er tot war, jedenfalls nicht sofort. Aber nachdem wir es herausgefunden hatten, war es mir überlassen, das Rätsel um seine Ermordung zu lösen, da seine Erinnerung an das Ereignis so tief in seinem Unterbewusstsein vergraben war, dass er keinen Zugang dazu hatte. Was kein Wunder war, wenn man eines gewaltsamen Todes gestorben ist.

„Da ich Sie nicht kenne, nehme ich an, dass Sie hierhergekommen sind, um mich zu engagieren."

Diese Annahme war durchaus berechtigt, denn ich leitete Delaney Investigations, die Privatdetektei, die ich von Ben geerbt hatte.

„Vielleicht, ja. Aber das spielt wohl keine Rolle mehr."

Richtig. Denn er war tot, und seiner Meinung nach war er vor meiner Haustür gestorben. Kein Wunder, dass er mich gefunden hatte. Sein Geist hatte nicht allzu weit wandern müssen. Seufzend stapfte ich den Flur entlang zur Vorderseite des Hauses und riss die Tür auf. Allerdings war ich nicht auf das grelle Sonnenlicht vorbereitet und hob den Arm, um die Augen zu schützen. Keine Leiche vor meiner Haustür. Ich brauchte allerdings nicht sehr viel weiter zu gehen, um den toten Mann mit dem Gesicht nach unten auf meinem Rasen zu finden. Die Todesursache war dank des großen, klobigen Messers, das aus seinem Rücken ragte, offensichtlich.

Als ich nach meinem Handy griff, stellte ich fest, dass ich im Schlafanzug auf dem Rasen stand und mein Handy oben im Schlafzimmer lag, wo ich es zurückgelassen hatte. Ich machte auf dem Absatz kehrt und eilte ins Haus zurück, wobei ich sehr dankbar war, dass das Haus nebenan leer stand. Also keine neugierigen Blicke der Nachbarn, die mich in

Unterwäsche erwischten. Ich schnaubte. Als ob sie sich darüber Gedanken machen würden, wenn eine Leiche in meinem Vorgarten lag.

„Wäre ich auf Koffein, wäre das nicht passiert", sagte ich zu mir selbst und nahm zwei Stufen auf einmal. Dead Guy folgte mir.

„Dass ich ermordet wurde?"

„Was? Nein. Das war unvermeidlich. Nein, ich meine, ich wäre weder im Schlafanzug nach draußen gegangen, noch hätte ich mein Telefon oben gelassen. Anfängerfehler. Normalerweise bin ich aufmerksamer."

„Okay. Dann trinken Sie doch einfach einen Kaffee."

„Wenn ich nur könnte." Ich seufzte, wobei es verdächtig nach einem Stöhnen klang. Ich hob meinen BH vom Boden auf, kramte in einer Schublade nach einem sauberen T-Shirt und einer Jeans und verschwand im Bad, um mich fertig anzuziehen.

„Sagen Sie mir, woran Sie sich erinnern", rief ich Dead Guy zu. „Ich nehme an, Sie waren die ganze Nacht da draußen?" Ich hatte die Leiche nicht berührt. Das musste ich auch nicht, um zu wissen, dass er tot war, und außerdem war das … igitt. Ich sprach vielleicht mit Geistern, aber das bedeutete nicht, dass ich durch die Gegend lief und Leichen anfasste.

Seine Stimme klang gedämpft durch die Tür. „Es war spät."

„Wie spät?"

„Nach Mitternacht." Seine Stimme klang verlegen, als hätte er gemerkt, dass es nicht sehr klug gewesen war, mitten in der Nacht an meine Tür zu klopfen. Nur dass er nie geklopft hatte. Jemand hatte ihm ein Messer in den Rücken gerammt, bevor er meine Tür erreicht hatte. „Ich weiß, ich weiß", fuhr er fort, „ich hätte bis zum Morgen warten sollen. Jetzt wünsche ich mir *wirklich*, ich hätte das getan."

„Das glaube ich gern", murmelte ich, fuhr mir mit den Fingern durch den unordentlichen Haarschopf und spritzte mir wieder Wasser ins Gesicht, wobei ich die verschmierte Wimperntusche unter meinen Augen abrieb, die ich bei meinem ersten Besuch im Bad nicht bemerkt hatte. Zufrieden damit, dass ich nicht besser aussehen würde als jetzt, stieß ich die Tür auf und musterte Dead Guy.

„Was war so dringend, dass Sie mich mitten in der Nacht engagieren wollten?" Ich ging zum Nachttisch, nahm mein Telefon und wählte, während Dead Guy mich aufklärte. Ich hoffte, die

Wiederholung der Frage würde seinem Gedächtnis auf die Sprünge helfen.

„Etwas Wichtiges", lautete seine zweideutige Antwort.

Wie hilfreich. Ha ha.

„Was Sie nicht sagen." Ich versuchte es mit einem dieser Blicke mit einer hochgezogenen Augenbraue, mit denen man seinem Gesprächspartner zu verstehen gab, wie ungläubig man seine Antwort fand. Nur dass ich meine Augenbrauen noch nicht im Griff hatte, weshalb sie beide in meinen Haaransatz schossen und mein Blick eher überrascht als verächtlich wirkte.

Er zuckte mit den Schultern. „Ein Versuch war es wert."

Der Anruf wurde angenommen. „Firefly Bay Police Department."

„Hi. Hier spricht Audrey Fitzgerald. Ich möchte einen Mord melden."

KAPITEL 2

✦

„Soll das ein Scherz sein?" Ich starrte auf den Kaffeebecher, den mir Detective Kade Galloway hinhielt.

„Nein. Das ist heiße Schokolade."

Er grinste und ich schmolz dahin. *Captain Cowboy Hot Pants* war mein Freund, was angesichts meines großen Misstrauens gegenüber der Polizei schon etwas Besonderes war. Aber Galloway hatte sich nicht nur in mein Herz geschlichen, er war auch an den geheimen Ermittlungen gegen die korrupten Polizisten des Firefly Bay Police Departments beteiligt gewesen. Nun waren die bösen Jungs weg und wir hatten Nachwuchs in der Stadt, der allesamt auf der richtigen Seite des Gesetzes stand. Das hoffte ich zumindest.

„Erzähl mir, was passiert ist", forderte Galloway mich auf und legte den Arm um meine Schultern, während wir beide das Treiben in meinem Vorgarten beobachteten.

„Offiziell bin ich heute Morgen aus dem Haus gekommen und habe ihn so vorgefunden." Ich wedelte mit einem Arm und verschüttete dabei fast meine heiße Schokolade.

„Und inoffiziell?"

Ich schaute mich um, um sicherzugehen, dass wir nicht belauscht wurden, und murmelte dann aus dem Mundwinkel: „Inoffiziell hat mir sein Geist gesagt, dass er hier draußen ist."

„Er ist hier?" Galloway schaute sich um, als könne er den Geist von Dead Guy mit eigenen Augen sehen. Ich nickte.

„Hast du ihn gefragt, was passiert ist?"

Ich starrte ihn irritiert an. *Wie bitte?*

Galloway lachte laut. „Natürlich hast du das. Und?"

„Er weiß es nicht. Er kam her, um mich zu sehen. Ich nehme an, er wollte mich engagieren, aber er kann sich nicht mehr erinnern, warum. Als Nächstes hatte er ein Messer im Rücken und ging durch Wände."

„Laut seinem Ausweis heißt er Dean Ward", rief

Officer Noah Walsh, der neben der Leiche kniete und die Brieftasche des Toten in der Hand hielt.

„Ward?" Galloway zog eine Augenbraue hoch. „Hat er etwa mit dieser Brauerei zu tun?"

Officer Walsh durchsuchte die Brieftasche und holte eine Visitenkarte heraus. „Jepp. Besitzer von Moustache Craft Ales."

„Das ist die Craft-Brauerei in der Bayview Street", meinte Galloway.

„Tolle Burger", fügte ich hinzu.

„Was ist passiert? Ist das Dean Ward?" Ben tauchte aus dem Nichts auf und ließ mich zusammenfahren.

„Du kennst ihn?", fragte ich.

„Ich weiß, wer er ist", meinte Ben, verschränkte die Arme vor der Brust und runzelte die Stirn. Gelbes Tatortband um Büsche und Bäume gewickelt, Stiefel trampelten über Gartenbeete.

„Mach dir keine Sorgen." Ich stieß ihn mit dem Ellbogen an, was nichts anderes bewirkte, als dass ich ins Wanken geriet. „Ich bringe den Garten wieder in Ordnung."

„Das ist es nicht." Die Falten auf seiner Stirn wurden noch tiefer. „Ich mache mir mehr Sorgen darüber, warum er hier ist. In unserem Vorgarten."

„Er kam her, um mit mir zu reden. Wegen eines Falls."

Ben schnaubte. „Ach wirklich? Was für ein Fall?"

„Keine Ahnung. Er leidet an Geisteramnesie." Die Kopfschmerzen pochten hinter meiner Schläfe und ich kniff mir in den Nasenrücken. Ich wandte mich an Galloway und fragte: „Hast du zufällig ein Aspirin?"

„Vielleicht habe ich welches in meinem Auto. Kopfschmerzen?"

„Mmmm."

„Halte durch. Ich hol sie dir. Aber sei vorsichtig, Audrey. Du redest gerade mit Ben … laut."

Er erinnerte mich daran, dass meine Fähigkeit, mit Geistern zu sprechen, ein Geheimnis sein sollte. Normalerweise war ich voll bei der Sache, aber im Moment ließ mich meine Konzentration im Stich. Ich brauchte dringend einen Kaffee. Stattdessen trank ich einen Schluck heiße Schokolade und versuchte, nicht das Gesicht zu verziehen. Es war ja nicht so, dass ich keinen Kakao mochte. Das tat ich. Mit Kaffee gemischt. Okay, gut, das Getränk hieß Marocchino und ich hatte ein heftiges Verlangen nach diesem Gebräu.

„Delaney?" Dean entdeckte Ben und eilte zu uns.

„Was machst du hier, Ward?" Bens Stimme hatte

einen tiefen, bedrohlichen Ton angenommen und ich schaute ihn überrascht an. Hatten die beiden eine gemeinsame Vergangenheit? Da ich mich an Galloways Warnung erinnerte, nicht mit Geistern zu sprechen, holte ich mein Handy heraus und tat so, als würde ich einen Anruf entgegennehmen.

„Ben? Was geht hier vor sich?", fragte ich ihn.

„Der da", Ben zeigte mit dem Finger anklagend auf Dean, „macht nichts als Schwierigkeiten. Und zieht jetzt dich mit rein, Fitz."

Dean schnaubte. „Das sagt gerade der Richtige, ein korrupter Polizist."

Ich holte erschrocken Luft, bevor ich mich auf Bens Verteidigung stürzte. „Er war nicht korrupt. Er wurde reingelegt." Ich spürte, wie mir die Hitze ins Gesicht stieg und mein Temperament mit mir durchzugehen drohte.

„Immer mit der Ruhe, Fitz." Aber Ben sah nicht mich an. Sein Blick war auf Dean gerichtet und seine Haltung verriet mir, dass er jeden Moment in Aktion treten konnte. Sein Körpergewicht lag auf den Fußballen, die Hände waren zu Fäusten geballt. Konnten Geister kämpfen? Ich hatte das ungute Gefühl, dass ich das bald herausfinden würde.

„Dito", murmelte ich. „Klärst du mich bitte auf? Warum macht er nichts als Schwierigkeiten?"

„In der Stadt heißt es, er habe mit Arlie Roberts zu tun."

Ich hielt erschrocken den Atem an. Arlie Roberts bedeutete tatsächlich nichts als Ärger. Er und seine Bande von Schlägern beherrschten die dunkle Seite von Firefly Bay. Niemand wollte sich mit ihnen anlegen und bisher war es ihnen immer gelungen, dem langen Arm des Gesetzes zu entgehen. Aber da die Polizisten, die der Bestechung nicht abgeneigt waren, nun nicht mehr im Dienst waren, würde sich das vielleicht bald ändern. Trugen sie die Schuld an Deans Tod?

„Ist das wahr?", fragte ich Dean, der mir nicht in die Augen sah, sondern den Blick auf Ben gerichtet hielt.

„Siehst du?", schimpfte Ben und schüttelte den Kopf. „Er streitet es nicht ab. Was war es, Ward? Was hast du für Arlie gemacht? Geldwäsche? Produktpraterie? Oder Panscherei?"

Dean versteifte sich. „Ich braue mein eigenes Bier, vielen Dank!"

„Habe ich da vielleicht einen Nerv getroffen?" Ben sah mich an. „Ich würde wetten, dass er einige, wenn nicht sogar alle seiner selbstgebrauten Biere gepanscht hat."

Ich hatte keine Gelegenheit, zu antworten. Dean stürzte sich auf Ben und die beiden gingen in einem Gewirr von Gliedmaßen und Fäusten zu Boden, stöhnten und rollten über den Rasen, während beide versuchten, die Oberhand zu gewinnen. Ich nippte an meiner heißen Schokolade und wartete, bis Galloway mit zwei Schmerztabletten in der Hand zurückkam.

„Was ist los?", fragte er und versuchte, meinem Blick zu folgen.

„Ben sitzt auf Dean." Ich warf die Pillen in den Mund, nahm einen Schluck heiße Schokolade und würgte mehrmals, bevor ich es endlich schaffte, sie hinunterzuschlucken.

„Was meinst du damit, er sitzt auf ihm?"

„Sie haben gekämpft. Und jetzt hat Ben Dean auf den Rasen gedrückt, bohrt die Knie in seine Oberarme und sitzt auf ihm", erklärte ich. Ben sah mich über die Schulter an und grinste triumphierend.

„Was jetzt, Bulle?", fragte ich ihn.

„Alles in Ordnung, Detective?" Ich hatte nicht bemerkt, dass Officer Walsh in unserer Nähe war, und hätte mich ohrfeigen können. Ich musste wirklich besser aufpassen, was um mich herum geschah, wenn ich meine Geistersprachfähigkeit geheim halten wollte. *Nur noch zwei Tage, Fitz. Du schaffst das.*

„Alles in Ordnung, danke, Officer", sagte Galloway und drückte mir die Schulter. „Sie haben vielleicht gehört, dass Audrey im Moment auf Koffein verzichtet? Das führt zu einigen ungewöhnlichen Nebenwirkungen."

„Aha." Officer Walsh nickte verständnisvoll. „Redet sie mehr mit sich selbst als sonst?"

„Definitiv."

„Ich stehe direkt neben dir, schon vergessen?", fuhr ich ihn an, verärgert über den spöttischen Unterton in dieser Männerunterhaltung.

„Und ich würde es nicht anders haben wollen." Galloway drückte mir einen Kuss auf die Wange, um mich zu besänftigen. Es funktionierte perfekt.

„Haben Sie eine Ahnung, was Ward in Ihrem Vorgarten gemacht hat?", fragte Officer Walsh und lenkte damit die Aufmerksamkeit von meinem derzeitigen Koffeinmangel ab.

Ich zuckte mit den Schultern. „Keine Ahnung. Er war kein Klient, aber wenn er zu mir wollte, wollte er mich wohl engagieren."

„Nun, was auch immer es war, jemand wollte ihn aufhalten."

Ich blinzelte überrascht. Der Gedanke war mir

gar nicht gekommen. Dean war hergekommen, um mich zu engagieren, damit ich etwas für ihn untersuchte, aber er wurde getötet, bevor er sich meine Dienste sichern konnte. Bevor er mir etwas sagen konnte. Was bedeutete, dass das, was auch immer es war, eine ziemlich große Sache war. Jemand hatte ihn davon abhalten wollen, sich bei mir zu verquatschen. Meine Augen verengten sich zu Schlitzen, als ich mich an Galloway wandte.

„Ich habe gehört", ich drehte meinen Kopf zur Seite, um auf Ben zu zeigen, der immer noch auf Dean saß, „dass Dean unseriöse Geschäfte mit Arlie Roberts gemacht hat."

„Arlie Roberts von der Roberts-Gang?", wiederholte Officer Walsh, obwohl ich meine Worte an Galloway gerichtet hatte.

Ich nickte.

„Von wem haben Sie das gehört?", fragte er.

„Das weiß ich nicht mehr." Auf keinen Fall würde ich ihm erzählen, dass mein toter bester Freund es mir gerade gesagt hatte.

„Wissen Sie, was für Geschäfte das waren?"

Ich schüttelte den Kopf. „Keine Ahnung. Es könnte wirklich alles sein. Geldwäsche? Produktpiraterie? Panscherei?", wiederholte ich Bens Worte.

„Walsh, suchen Sie Arlie und bringen Sie ihn aufs Revier, damit er uns ein paar Fragen beantwortet", wies Galloway ihn an.

„Ja, Sir." Officer Walsh eilte mit entschlossenem Schritt davon.

„Er macht sich ganz gut, nicht wahr?" Ich beobachtete den jungen Beamten, wie er in seinen Streifenwagen stieg und darauf wartete, dass sein Partner ihm folgte. Ich hatte eine kleine Schwäche für Officer Noah Walsh, da er mich an Ben erinnerte, als er noch neu bei der Polizei gewesen war.

Galloway nickte. „Er möchte bald seine Prüfung zum Sergeant ablegen."

„Glaubst du, er ist so weit?" Er wirkte so ... jung.

„Ja. Er ist klug. Er reagiert sehr schnell. Er ist wissbegierig und hartnäckig. Und damit jemandem sehr ähnlich, den ich kenne." Er stieß mich mit dem Ellbogen an, woraufhin ich mich aufrichtete und angesichts dieses Kompliments die Brust herausstreckte. Dann nahm ich einen Schluck heiße Schokolade, die mir prompt aus dem Mund lief.

Galloway lachte und zerzauste mein Haar. „Ändere dich bloß nie, Audrey. Ich liebe dich so, wie du bist."

Ich schnaubte. „Ein sabbelndes, fleckige Kleidung tragendes, mit Geistern sprechendes Wrack?"

„Ein wunderschönes, sexy, sabbelndes, fleckige Kleidung tragendes, mit Geistern sprechendes Genie."

„Also jetzt übertreibst du a…"

„Nimm das Kompliment einfach an, Fitz!", rief Ben, kletterte von Dean herunter und zog ihn auf die Beine. Die beiden Männer standen nun Seite an Seite und wischten sich das nicht vorhandene Gras vom Kopf.

„Gibt es ein Problem?" Ich beäugte die beiden misstrauisch. „Wollt ihr euch weiterhin an die Gurgel gehen oder hat das kleine Gerangel eure Streitigkeiten beseitigt?"

Ben zuckte mit den Schultern und klopfte Dean auf den Rücken. „Von mir aus ist alles geklärt. Und bei dir?"

Dean sah verlegen aus. „Alles gut."

„Okay. Dann können wir jetzt vielleicht mit der Aufklärung Ihrer Ermordung weitermachen."

KAPITEL 3

Ich kann nicht glauben, dass er weg ist!
Ich habe ihn so geliebt!", jammerte
Leah Dunn, während heftige Schluchzer ihren
Körper erschütterten.

Galloway und ich sahen erst uns und dann
wieder Dean Wards Freundin an, die seit drei Jahren
mit ihm zusammen gewesen war. Ich hatte noch nie
zuvor einen solchen Ausbruch von Trauer erlebt.
Natürlich hatte ich schon Leute weinen sehen, aber
das? Das war ein ganz anderes Niveau.

„Ich wusste, dass sie es schlecht aufnehmen
würde", sagte Dean etwas zu selbstgefällig, als ob die
Verzweiflung seiner Freundin eine gute Sache wäre.

„Mein herzliches Beileid", meinte Galloway.

Das Schluchzen hörte auf und Leah schnäuzte

sich laut in ein Taschentuch, bevor sie die rotgeränderten Augen hob.

„Das war dieser Eric Sullivan." Ihre Stimme war kalt und brüchig, und der kleine Schluckauf am Ende des Satzes verriet ihre Verzweiflung.

„Sie wissen, wer Ihren Freund getötet hat?", fragte ich, während meine Augenbrauen in meinem Haaransatz hingen.

Sie nickte schniefend. „Das war Sullivan. Erst neulich hat er im Pub mit seiner blöden Auszeichnung geprahlt. Er hat Dean absichtlich gereizt. Ja genau, das hat er."

„Was ist dann passiert?" Galloway lehnte sich nach vorne, die Ellbogen auf die Knie gestützt, und sah sie aufmerksam an.

„Dean hat ihn natürlich rausgeworfen. Er hat ihm gesagt, dass er Hausverbot hat und dass er ihm *den Kopf einschlagen würde, wenn er noch einmal dorthin kommt.*"

Galloway und ich sahen uns kurz an. Ich weiß nicht, was er dachte, aber mein erster Gedanke war: *Ich brauche einen Kaffee.* Der zweite war, dass wir mit Eric Sullivan sprechen mussten, wer auch immer das war. Aber eigentlich klang es so, als hätte Dean ihn bedroht und nicht umgekehrt.

„Also, wer ist dieser Eric Sullivan? Und welche Auszeichnung hat er bekommen?", wollte ich wissen.

Leahs blaue Augen richteten sich auf mich. „Er leitet die Firefly Bay Brewing Company. Tatsächlich haben Dean und er das Unternehmen vor Jahren gemeinsam gegründet, bis Dean es verließ, um sich selbstständig zu machen. Mit dem Moustache Craft Ales. Seitdem sind sie Konkurrenten. Und Eric hat gerade den Preis für das Craft Ale des Jahres gewonnen. Und genau diesen Preis will Dean gewinnen, seit er sich selbstständig gemacht hat."

„Das stimmt", meinte Dean hinter mir. „Ich konnte ihn nie gewinnen. Eric schon. Wieder einmal. Das zweite Jahr in Folge. Und er konnte es nicht lassen, mir das unter die Nase zu reiben, meinen Pub schlecht zu machen und meine Speisekarte als *überteuerten Gastro-Müll* zu bezeichnen."

„Okay."

„Wie lange kannten Sie Dean?", fragte Galloway Leah.

„Als wir uns vor etwas mehr als drei Jahren kennenlernten, arbeitete er noch mit Eric in der Firefly Bay Brewing Company. Es gab damals eine große Veranstaltung, ich weiß nicht mehr, welche es war, aber ich hatte einen Job als Kellnerin bekommen, allerdings nur für einen Abend. Aber Geld ist Geld und ich konnte es mir damals nicht leisten, einen Job abzulehnen. Kurz darauf verließ er das Unternehmen, gründete Moustache Craft Ales und stellte mich als Barkeeperin ein."

„Okay. Und wie lange sind Sie schon zusammmen?"

„Ungefähr genauso lang. Ich war gerade eine Woche dort, lernte die Abläufe kennen und half, alles einzurichten. Dann hatten wir die große Eröffnung und eins führte zum anderen und nun … jetzt sind wir hier, drei Jahre später."

Dean seufzte. „Das war eine tolle Party."

Leah räusperte sich und sah mich an. „Es tut mir leid, aber könnten Sie mir ein Glas Wasser holen?"

„Oh. Ähm, natürlich." Ich stand auf und sah mich in der Wohnung um, die sie mit Dean teilte. „Die Küche ist in diese Richtung?"

„Ja, einfach da lang. Danke."

Galloway saß mit zur Seite geneigtem Kopf da und ich hielt inne, als ich mich an ihm vorbeischob und für einen Moment von seinem guten Aussehen und seiner anziehenden Präsenz überrascht war. Ich warf einen kurzen Blick auf Leah, die ihn, wenn man von der verschmierten Wimperntusche und der roten Nase absah, mit derselben Bewunderung ansah. War die Bitte um Wasser ein Trick, um mit ihm allein zu sein?

Ich beschloss, dass mein koffeinentwöhntes Gehirn Überstunden in die falsche Richtung machte, und setzte meinen Weg in die Küche fort, die wie der Rest der Wohnung sehr klein war. Ich musste nicht lange suchen, bis ich ein Glas fand und es unter den Wasserhahn hielt. Als ich mich umdrehte, um ins Wohnzimmer zurückzukehren, erregte ein Foto am Kühlschrank meine Aufmerksamkeit. Ich ging näher heran, um es mir genauer anzusehen.

Dean stand da, den Arm um eine lächelnde Leah gelegt, die ein Tablett mit Getränken in der Hand hielt. Auf der anderen Seite stand ein zweiter Mann neben ihr, der ebenfalls den Arm um sie gelegt hatte. Die drei sahen glücklich aus.

Als ich ins Wohnzimmer zurückkehrte, erwischte ich Leah mit ihrer Hand auf Galloways Knie. Ich blieb abrupt stehen und starrte sie an. Sie war blond, blauäugig und größer als ich, aber ich könnte es durchaus mit ihr aufnehmen. Ich hielt ihr mit zusammengekniffenen Augen das Wasserglas entgegen, ohne darauf zu achten, dass durch die plötzliche Bewegung Wasser über den Rand schwappte.

„Danke", sagte sie, nahm einen Schluck und stellte das Glas auf den Couchtisch.

„Wer ist der andere Typ auf dem Foto an Ihrem Kühlschrank?", fragte ich und setzte mich wieder neben Galloway auf das Sofa.

Er legte eine Hand auf meinen Oberschenkel und drückte ihn beruhigend. Leahs Augen verfolgten jede seiner Bewegungen und ich warf ihr einen warnenden Blick zu. Er gehörte mir. Außerdem fragte ich mich, wie sie nur wenige Minuten, bevor sie sich an meinen Freund heranmachte, ihre Trauer über ihren verstorbenen Freund beklagen konnte.

„Das ist er. Sullivan."

„Wann wurde es aufgenommen?"

„An dem Abend, an dem wir uns kennengelernt haben. Auf der Veranstaltung in der Firefly Bay Brewing Company."

„Sie sahen alle sehr fröhlich aus."

„Das waren wir damals auch. Aber nach diesem Abend änderte sich etwas. Dean kündigte, um seinen eigenen Pub zu eröffnen, und Eric und er sprachen monatelang nicht mehr miteinander."

„Warum nicht?", fragte Galloway.

Sie zuckte mit den Schultern. „Keine Ahnung." Aber sie wandte den Blick ab und ich wusste, dass sie log. Zwischen Dean und Eric war etwas Großes vorgefallen und Leah wusste genau, was es gewesen war. Aber sie wollte es uns nicht sagen. Doch das spielte keine Rolle. Ich würde Dean fragen, sobald wir hier raus waren.

„Warum sind Sie überhaupt hier?" Ihre Worte waren an mich gerichtet. „Sie sind nicht bei der Polizei. Privatdetektivin, sagten Sie? Warum? Stellt die Polizei heutzutage solche Leute ein?"

„Tatsächlich ist Ihr Freund in meinem Vorgarten gestorben. Er war auf dem Weg, um mich zu engagieren. Wofür, weiß ich allerdings nicht. Sie vielleicht?"

Erst wich jede Farbe aus ihrem Gesicht, dann lief sie puterrot an. Wieder schweifte ihr Blick ab und ihre Hand griff nach ihrem Wasser. Das Glas zitterte, als sie es anhob.

Ihre Augen quollen über vor Tränen. „Könnten wir unser Gespräch ein anderes Mal fortsetzen? Ich fühle mich nicht sehr gut. Das war ein furchtbarer Schock."

„Natürlich. Wenn Ihnen irgendetwas einfällt, irgendein Grund, warum jemand Dean etwas antun wollte, rufen Sie mich bitte an." Galloway legte eine Visitenkarte auf den Couchtisch und stand auf.

Ich warf meine eigene Karte neben seine und meinte: „Dito", bevor ich ihm nach draußen folgte.

Kaum saßen wir im Auto, drehte ich mich zu ihm um. „Ich weiß nicht, irgendwie habe ich bei ihr ein komisches Gefühl."

„Du glaubst, die Tränen waren nur Show?"

„Oh, ich glaube schon, dass die Tränen echt waren. Aber sie verheimlicht uns etwas." Ich würde meine Gedanken über ihre Motive nicht preisgeben, solange Dean in unserer Nähe war. Denn auch wenn ihre Tränen echt waren, waren sie meiner Meinung nach nicht aufrichtig. Leah Dunn war nicht so erschüttert über Deans Tod, wie sie tat. Und ich wollte wissen, warum.

Galloway nickte. „Da bin ich ganz deiner Meinung."

„Wie bitte?", spottete Dean vom Rücksitz aus. „Sie glauben doch nicht allen Ernstes, dass Leah mich umgebracht hat. Warum? Das ergibt keinen Sinn. Sie hat recht. Sie müssen mit Eric sprechen, obwohl mir nicht klar ist, warum er mir jetzt, nach all der Zeit, ein Messer in den Rücken jagen wollte."

Ich verrenkte mich auf dem Sitz, um ihn anzuschauen. „Was ist zwischen Ihnen beiden vorgefallen?"

„Nichts."

Ich schnaubte. „Kommen Sie, ich bin nicht von gestern. Man wird nicht so mir nichts dir nichts von guten Freunden, die zusammen für Fotos posieren, zu Todfeinden und wirft den anderen wegen nichts aus dem Pub. Also spucken Sie es schon aus."

Deans Schultern reichten ihm bis zu den Ohren, als er die Handflächen hob. „Ich sagte doch, ich weiß es nicht."

„Sie lügen." Ich wusste es. Er wusste es. Das Grinsen auf seinem Gesicht verriet mir, dass er wusste, dass ich es wusste und dass es ihm egal war. „Okay, dann behalten Sie es halt für sich. Ich frage einfach Eric."

„Tun Sie das. Das wird Ihnen aber auch nichts nützen."

„Wissen Sie was? Allmählich glaube ich, dass Sie kein sehr netter Mensch waren", fuhr ich ihn an.

„Das höre ich nicht zum ersten Mal, Schätzchen."

„Nennen Sie mich nicht Schätzchen!"

„Schatz?" Galloway nahm meine fuchtelnde Hand in seine und lenkte meine Aufmerksamkeit von dem lästigen Geist auf dem Rücksitz ab. „Alles in Ordnung?"

Ich sank wie ein Ballon mit einem kleinen Loch in mich zusammen. „Mir geht es gut."

„Oh-oh", meldete sich Dean vom Rücksitz aus zu Wort. „Wir alle wissen, was es bedeutet, wenn eine Frau sagt, dass es ihr gut geht."

„Ich hätte jetzt gern meine Ruhe." Ich kniff mir in den Nasenrücken, da meine Kopfschmerzen zurückkehrten.

„Ich hoffe sehr, dass du mit Dean sprichst und nicht mit mir", murmelte Galloway. Ich hob den Kopf und schob mich über die Handbremse, um ihm als stumme Entschuldigung einen Kuss auf die Wange zu drücken. „Vor dir will ich nie meine Ruhe haben."

Galloway drehte den Kopf und seine Lippen trafen meine zu einem knisternden Kuss. Als Dean auf dem Rücksitz ein Kussgeräusch von sich gab, löste ich mich widerwillig von ihm und flüsterte in Galloways Ohr: „Wir haben Geisterbesuch."

„Fortsetzung folgt", knurrte Galloway und drückte mir einen letzten Kuss auf die Lippen, bevor er sich von mir löste. Er startete den Motor und wir waren gerade losgefahren, als sein Telefon klingelte.

„Galloway." Er nahm den Anruf über die Freisprechanlage entgegen.

„Wir haben Arlie Roberts aufgegriffen", ertönte Officer Walshs Stimme über die Lautsprecher. „Wollen Sie ihn befragen oder soll ich Detective McClain darum bitten?"

Galloway nickte. „Ich bin gleich da." Er beendete

das Gespräch und wendete den Wagen in Richtung der Polizei von Firefly Bay.

Ich drehte mich um und sah Dean auf dem Rücksitz an. „Haben Sie das gehört? Wir werden Arlie Roberts befragen. Möchten Sie uns vorher vielleicht noch etwas mitteilen? Uns ein bisschen Zeit sparen?"

„Ich habe nichts zu sagen." Dean verschränkte die Arme vor der Brust und presste missmutig die Lippen aufeinander.

„Wie Sie wollen." Ich drehte mich wieder um und starrte auf meine Fingernägel. „Wir finden es sowieso bald heraus. Detective Galloway hier ist der Beste. Er wird in kürzester Zeit dafür sorgen, dass Roberts singt wie ein Kanarienvogel." Ich fing den Seitenblick auf, den Galloway mir zuwarf, und hob eine Schulter. Aus irgendeinem Grund traute ich Dean Ward nicht. Dasselbe Gefühl hatte ich übrigens auch bei seiner Freundin. Er wusste vielleicht nicht mehr, was er in meinem Vorgarten gemacht hatte, aber er kannte Arlie Roberts und steckte zweifellos bis zum Hals in irgendwelchen dubiosen Geschäften. Ich wusste nicht, warum er so darauf bedacht war, etwas geheim zu halten. Schließlich war er bereits tot. Wie viel schlimmer könnte es noch werden?

Auf dem Revier ging es zu wie immer. Die Schreibtische nahmen den größten Teil des Hauptraums ein. Eine Glaswand trennte den öffentlichen Eingang vom vorgelagerten Verwaltungsbereich. Ich machte mich auf den Weg zur Kaffeekanne, während Galloway in Richtung der Befragungsräume ging und Dean ihm folgte.

„Hey Audrey, wie geht's?" Sergeant Addison Young schaute von ihrer Computertastatur und ihrem Schreibtisch auf. „Wie ich höre, gab es heute Morgen bei Ihnen zu Hause ein wenig Aufregung."

„Ja, das kann man wohl sagen." Ich hatte die Kaffeekanne schon in der Hand und wollte gerade einschenken, als ich mich widerwillig an meine Wette mit Amanda erinnerte. Kein Kaffee. Mit einem hörbaren Seufzer stellte ich die Kaffeekanne zurück und schaute sie nur noch traurig an.

„Wie lange noch?", fragte Addison und stellte sich neben mich, eine tröstende Hand auf meiner Schulter.

„Zwei Tage." Es hätten genauso gut zwei Jahre sein können.

„Sie schaffen das. Wir stehen alle hinter Ihnen."

Ich starrte sie an. „Wie viel haben Sie auf mich gesetzt?"

Sie blinzelte unschuldig. „Was meinen Sie damit?"

„Pah. So naiv bin ich nicht. Wie stehen die Wetten? Dass ich sieben Tage ohne Koffein auskomme oder dass ich schwach werde und Amanda gewinnt?"

„Oh, hey Audrey. Noch zwei Tage!" Officer Tom Collier zeigte mir die Daumen nach oben, als er auf uns zukam. Ich trat zur Seite, um ihm den Zugang zur Kaffeekanne zu ermöglichen.

„Wie viel haben Sie gesetzt?", fragte ich ihn.

„Fünfzig auf Sie", sagte er, schenkte sich eine Tasse Kaffee ein und hielt sie mir unter die Nase. „Wollen Sie mal schnuppern?"

Und ob! Ich atmete tief ein und der nach Kaffee duftende Dampf erfüllte meine Nebenhöhlen. Der Nebel in meinem Kopf lichtete sich für einen kurzen Moment, senkte sich aber schnell wieder, als Tom den Kaffee aus meiner Nähe entfernte. Wahrscheinlich war es besser so. Ich hatte fast schon gesabbert.

„Hat jemand gegen mich gewettet?", wollte ich wissen.

„Verdammt, nein." Tom lachte schallend. „Wir alle kennen Sie, Audrey Fitzgerald. Sie schaffen das."

Ihr uneingeschränktes Vertrauen in mich machte mich demütig. Das war natürlich völlig unangebracht, aber jetzt, wo ich wusste, dass sie auf mich gesetzt hatten, und zwar mit Geld, wäre es schäbig von mir, an der letzten Hürde zu scheitern.

Wie aufs Stichwort summte mein Telefon und zeigte eine eingehende Nachricht von Amanda an. *Vergiss nicht, dass heute Nachmittag Lauras Babyparty stattfindet.*

Ich habe es nicht vergessen, schrieb ich zurück. Das hatte ich zwar, aber das musste Amanda nicht wissen. Laura war meine Schwester, die mit Baby Nummer zwei hochschwanger war, und heute war ihre Babyparty. Nicht, dass sie viel gebraucht hätte – Baby Nummer eins, Isabelle, war achtzehn Monate alt und Laura besaß noch ihre gesamte Babyausstattung. Ich hatte mein Geschenk bereits abgeholt und im Schrank verstaut. Eine Jumbo-Packung Windeln. Unvergesslich? Nicht wirklich. Praktisch? Aber ja.

Was soll ich mitbringen?

Ich runzelte die Stirn über Amandas letzte Nachricht. Mitbringen?

Wohin mitbringen?, wollte ich wissen.

Zur Babyparty, Dummerchen. Bei dir zu Hause.

Heiliger Strohsack! Ich hatte vergessen, dass heute nicht nur Lauras Babyparty war, sondern dass ich auch die Gastgeberin war. In meinem Haus.

Dasselbe Haus, dessen Vorgarten ein Tatortband schmückte.

„Addison, können Sie Galloway sagen, er soll mich anrufen, wenn er fertig ist?" Ich nickte in Richtung der Befragungsräume im hinteren Teil des Reviers. „Mir ist etwas dazwischen gekommen und ich muss los."

KAPITEL 4

⁓

„Wilson, mein Freund, Sie bekommen fünf Sterne!"

„Danke, Miss Audrey. Ich weiß das sehr zu schätzen. Und Bird auch."

Ich schielte zu dem grün-gelben Wellensittich, der gerade auf Wilsons Schulter saß und an den Stoppeln auf der Wange des alten Mannes pickte. Als ich bemerkt hatte, dass ich auf dem Polizeirevier festsaß, weil Galloway mich mitgenommen hatte, hatte ich mir einen Uber bestellt und Wilson war in seiner lindgrünen Limousine vorgefahren. Er trug einen Filzhut, dessen eine Stelle verdächtig nach einem Einschussloch aussah, und ein Grinsen, das darauf hindeutete, dass dieser faltige alte Mann sein Leben zu leben gewusst hatte.

„Okay." Ich riss die hintere Autotür auf, holte meine Einkaufstüten heraus, warf einen letzten Blick auf die Raumschiffaufkleber an der Decke, der im Dunkeln leuchtete, und machte mich auf den Weg.

„Soll ich Ihnen helfen, Miss Audrey?", fragte Wilson und ließ einen Arm aus dem offenen Fenster baumeln. Seine nikotinbefleckten Finger trommelten auf dem Lack, während er mir dabei zusah, wie ich die fünf Tüten in ihre Schranken wies.

„Nein, danke, ich schaffe das", schnaufte ich und hielt drei Tüten in der einen und zwei in der anderen Hand.

Wilsons Telefon klingelte. „Ich muss los. Danke, dass Sie heute mit Uber gefahren sind, Miss Audrey." Er tippte sich an den Hut, legte den Rückwärtsgang ein und schoss wie eine Fledermaus aus meiner Einfahrt.

„Bye, Wilson. Bye, Bird." Als die Worte meine Lippen verließen, war Wilson nur noch ein paar Rücklichter am Ende der Straße. Ich hob die Taschen auf und kämpfte mich mit meiner schweren Last an Partyzubehör den Weg hinauf.

Als ich die Haustür erreichte, brannten meine Finger wie Hölle und ich hatte tiefe rote Striemen im Fleisch. Ich ließ die Tüten auf die Fußmatte fallen, schloss die Tür auf, holte mein Telefon heraus und wählte.

„Mom, ich brauche Hilfe."

---

*D*ie Party war in vollem Gange, als Ben und Dean auftauchten. Und mit vollem Gange meine ich, dass ein Dutzend lauter, kichernder Frauen am Champagner nippten und Babyparty-Spiele spielten. Beim aktuellen Spiel blies man einen Luftballon auf, steckte ihn unter die Bluse und versuchte dann, ihn mit allen Mitteln zum Platzen zu bringen. Bisher hingen sie alle beim ersten Schritt, dem Aufblasen des Ballons.

„Ich gehe kurz an die frische Luft", flüsterte ich Laura ins Ohr. „Alles in Ordnung? Brauchst du etwas? Mehr Apfelsaft?"

Laura lachte über die Possen ihrer Freundinnen und winkte ab: „Mir geht es gut, danke, Schwesterherz." Ich wandte mich ab, doch dann griff ihre Hand plötzlich nach meinem Handgelenk und umklammerte es. „Vielen Dank dafür. Du hast wunderbare Arbeit geleistet und ich weiß, dass es nicht einfach gewesen sein kann. Du weißt schon, wegen deines Kaffeeverzichts und so."

Ich drehte mich um und umarmte sie. „Mom hat geholfen."

Mom lebte für diese Art von Dingen und war begeistert gewesen, als ich sie angerufen hatte. Sie war wie ein Tornado durch mein Haus gewirbelt, hatte Dekorationen in Blau und Rosa aufgestellt und eine riesige Tüte mit Partyspielzeug mitgebracht. Wie sich herausstellte, hatte sie während Lauras Schwangerschaft nach und nach einen Vorrat für genau diesen Anlass angelegt.

Als ich mich aus Lauras Umarmung löste, fiel mein Blick auf Ben, der in Richtung der hinteren Terrasse deutete. Er folgte mir, doch während ich durch die Tür ging, schlenderte Ben ganz lässig durch die Scheibe.

„Die Party ist ein Hit." Ben setzte sich neben mich auf den Rand einer Sonnenliege.

Ich spielte mit einer Zehe im Gras. „Jepp. Das ist so ziemlich Moms Werk."

„Fühlst du dich deswegen schlecht?" Mir entging die Überraschung in seiner Stimme nicht.

„Pah. Nein! Ich bin mehr als froh über jede Hilfe, die ich bekommen kann. Außerdem war Mom begeistert, als ich anrief. Ich habe das Gefühl, dass sie nur darauf gewartet hat."

Ben grinste. „Ich glaube, da hast du recht."

„Warum sitzen Sie hier herum und schmeißen Partys, wenn Sie eigentlich meine Ermordung aufklären sollten?" Dean kam zu uns und sein anklagender Ton ging mir ziemlich auf die Nerven. Allmählich mochte ich diesen Geist nicht mehr.

„Weil ich noch andere Verpflichtungen habe als Sie", fuhr ich ihn an. Es war ja nicht so, dass ich die Untersuchung seines Todes ad acta gelegt hätte. Ich machte nur eine Pause. Sobald die Babyparty vorbei war, würde ich mich auf den Weg machen. Ich wollte mit Eric Sullivan sprechen und mir das Moustache Craft Ales ansehen. Ich hatte bereits bei Deans Freundin Leah ein seltsames Gefühl gehabt. Nun war ich neugierig, was ein wenig mehr Stochern zutage fördern würde.

„Warum sagen Sie mir zur Abwechslung nicht mal etwas Hilfreiches? Was hatten Sie mit Arlie Roberts zu tun?"

Dean versteifte sich und kniff die Augen zusammen. Auf seiner Oberlippe erschien ein Schimmer. Ich wandte mich an Ben und flüsterte: „Können Geister schwitzen?"

„Nein."

Ich zeigte auf die Feuchtigkeit, die auf Deans blasser Haut abperlte. „Warum schwitzt er dann?"

Ben stand auf und ging auf den anderen Geist zu.

„Interessant", murmelte er und beugte sich nah genug heran, um die fragliche Schweißstelle zu untersuchen.

„Sehr interessant sogar." Die bloße Erwähnung von Arlie Roberts reichte aus, um Dean in einen körperlosen Schweiß ausbrechen zu lassen.

„Kommen Sie, Dean, Sie können es genauso gut ausspucken. Ich finde es ja sowieso heraus. Lassen Sie uns den ganzen Prozess einfach beschleunigen und zur Sache kommen. Sie schulden Arlie nichts mehr. Er kann Ihnen nicht mehr wehtun – Sie sind bereits tot. Es sei denn, er ist derjenige, der den Mord begangen hat."

Er fiel wie ein Luftballon in sich zusammen. Seine Schultern rollten sich ein, seine Arme hingen schlaff herab, seine Lippen waren an den Ecken nach unten gezogen. „Ich habe etwas Dummes getan", flüsterte er.

Ich lehnte mich näher heran und drängte ihn, weiterzureden. „Inwiefern?"

Seine Augen trafen meine und ich sah die Niederlage in ihnen. Obwohl ich den Mann nicht sonderlich mochte, fühlte ich mit ihm mit. Warum fiel ich bloß immer auf den Hundeblick herein?

„Ich habe seit Monaten kein anständiges Bier mehr produziert. Anfangs war es nur eine schlechte

Charge, aber das reichte aus, um mich erheblich zurückzuwerfen. Ich saß in der Klemme und Arlie war zur richtigen Zeit am richtigen Ort, um mir ein Geschäft anzubieten. Ich habe es angenommen. Wie gesagt, ich war verzweifelt. Aber es sollte eine einmalige Sache sein, nichts Dauerhaftes."

„Hat er dir Geld geliehen?", fragte Ben, aber Dean schüttelte den Kopf.

„Du hattest recht. Gepanschtes Bier."

„Warum haben Sie nicht damit aufgehört?", wollte ich wissen.

„Weil Arlie mich nicht ließ. Ich steckte bis zum Hals in der Sache drin und kam nicht mehr heraus. Wenn ich es den Bullen erzählt hätte, hätte ich meine Lizenz verloren. Der Pub und Leah? Sie sind mein Leben … Ich hatte Angst, sie beide zu verlieren."

Die Hände in die Hüften gestemmt, stieß Ben ein schallendes Lachen aus. „Du bist so ein Schwachkopf. Kumpel, du bist tot. Und höchstwahrscheinlich war es Arlie Roberts, der dir das Messer in den Rücken gerammt hat, um dich davon abzuhalten, ihn zu verpfeifen."

„Sind Sie deshalb zu mir gekommen? Sollte ich versuchen, Sie aus Ihrem hinterhältigen Deal mit Arlie herauszuholen?" Mir lief ein Schauer über den

Rücken angesichts des Ärgers, den Dean mir ins Haus gebracht hatte. Auch Ben schien den Zusammenhang zu erkennen, denn ein Lichtblitz durchzuckte sein Gesicht, als hätte seine Aura für einen kurzen Moment aufgeflackert und seine Wut angedeutet.

Er packte Dean am Kragen und zog ihn hoch, bis sie Nase an Nase waren. „Du hast deine schäbigen Probleme in ihr Haus gebracht", schnaubte er. „Und das ist nicht akzeptabel."

Dean streckte flehend die Arme aus. „Hey, ich habe doch schon gesagt, dass ich nicht mehr weiß, warum ich hierhergekommen bin und warum ich sie engagieren wollte." Dann änderte sich sein Verhalten. Der geschlagene, geknechtete Mann wurde durch den höhnischen, unehrenhaften ersetzt. „Aber mir scheint, du bist scharf auf deine kleine Menschenfreundin hier, Delaney. Was tust du, wenn sie nicht hinsieht, hm? Wirfst du einen Blick in die Dusche? Eine kleine Berührung, während sie schläft?" Er löste sich ruckartig aus Bens Griff, seine Lippen kräuselten sich zu einem Grinsen, während seine Augen über meinen Körper glitten.

Igitt. Dieser Kerl war wirklich ekelhaft.

„Zurück", knurrte Ben und ich sah ihn aus den Augenwinkeln heraus an. „Ihr zwei wollt euch doch nicht schon wieder prügeln, oder?" Dumme Frage. Ben vibrierte förmlich vor Wut und Dean provozierte ihn absichtlich.

Dean stellte sich breitbeinig hin und zwinkerte Ben zu. „Komm schon, Speckie. Glaubst du wirklich, du könntest es mit mir aufnehmen?"

„Speckie?" Ich zuckte bei dieser Beleidigung zusammen, während Ben nach vorne und in Deans Gesicht schoss.

Nun, nicht wörtlich, das wäre zu seltsam gewesen, aber sie waren nur Zentimeter voneinander entfernt, als Ben sagte: „Willst du zweimal an einem Tag den Hintern vollkriegen? Dem komme ich gerne nach."

Und dann ging es wieder los. Die beiden Männer gingen in einem Gewirr von Gliedmaßen zu Boden und rollten über den Rasen, begleitet von den Schlaggeräuschen und dem Grunzen, wenn sie aufeinandertrafen. Ich verdrehte die Augen und beschloss, dass ich das nicht mit ansehen musste, und stand auf, um wieder hineinzugehen, als mir etwas ins Auge fiel. Unter der Terrasse hockten Bandit und Thor.

„Leute?" Ich hockte mich auf den Rasen und schaute sie an. „Was ist los?"

„Thor gibt mir Unterricht", antwortete Bandit

mit ihrer quietschigen Stimme und gab mir mit der Pfote ein Zeichen, zur Seite zu gehen, damit sie den Kampf sehen konnte.

„In was?" Ich hatte den leisen Verdacht, dass ich genau wusste, was es war, und Thor bestätigte ihn.

„Die Kunst des Spielens", sagte er.

„Des Spielens? Wie beim Glücksspiel?"

„Ganz genau."

„Thor. Worauf genau wettest du? Nutzt du etwa Bandits Gutmütigkeit aus? Du weißt, dass sie diese Dinge nicht versteht."

„Oh nein, ist schon gut, Audrey", versicherte mir Bandit. „Thor ist mein Freund. Er hat mir versprochen, mir meinen Pelz nicht wegzunehmen!"

Ich kniff die Augen zusammen und warf Thor einen stechenden Blick zu. „Hast du gedroht, ihr das Fell über die Ohren zu ziehen, Thor?"

Er reckte die Nase in die Luft. „Ich habe nichts dergleichen getan. Unsere Geschäfte sind rein kulinarischer Natur."

Oh, mein Gott. Mein Kater wettete mit meiner Waschbärin, um ihren Anteil am Futter zu gewinnen. Ich *wusste,* dass diese Diät eine schlechte Idee war. Doch zu Thors Leidwesen bestand der Tierarzt darauf.

„Thor, Bandit, hört zu." Ich schnippte mit den

Fingern, um ihre Aufmerksamkeit zu gewinnen. „Keine Wetten mehr. Kein Glücksspiel mehr. Damit ist hier und jetzt Schluss."

„Aber …", protestierte Thor, doch ich hob einen Finger, um ihn zum Schweigen zu bringen.

„Jetzt ist Schluss. Bandit hat ein Recht auf ihr eigenes Futter. Du bist schließlich nicht am Verhungern, Thor."

„Doch, das bin ich! Ich verkümmere, bin nur noch eine Hülle meines früheren Selbst", jammerte er.

„Ist schon gut, Thor, du kannst mein Trockenfutter haben", bot Bandit großzügig an.

Ich seufzte. Bandit war die großzügigste Waschbärin und hatte das Herz am rechten Fleck. Leider saß Thors in seinem Magen.

„Das wird nicht nötig sein, Bandit, aber danke für das Angebot. Jeder von euch erhält weiterhin seine eigene abgemessene Portion Trockenfutter. Es wird keinen Tausch, keinen Handel und keinen Diebstahl geben. Habt ihr das verstanden?"

Es gab eine dreisekündige Pause, bevor Thor widerwillig brummte: „Verstanden."

„Verstanden", wiederholte Bandit, obwohl ich bezweifelte, dass sie überhaupt etwas verstanden hatte. Sie liebte Thor über alles und würde alles für ihn tun, sogar hungern.

Ich schüttelte grinsend den Kopf. „Die Party ist fast vorbei. Wenn ihr versprecht, euch an die Essensregeln zu halten, bekommt ihr von mir ein Leckerchen aus den Resten. Einen Leckerbissen. Für jeden."

Thors Miene hellte sich deutlich auf und er versprach es mit einem herzlichen Kopfnicken. Bandit ahmte ihn nach und ich richtete mich lachend auf, als ich plötzlich erstarrte. Amanda stand auf der Terrasse … Und sah mich an … Wie ich mit meinen Haustieren sprach.

„Man könnte fast meinen, dass du sie verstehst." Sie nippte an ihrem Champagner.

„Ja, das tue ich. Auf meine Art und Weise." Ich beobachtete sie aufmerksam. Amanda versuchte seit jeher, mich zu reparieren, also meine Ungeschicklichkeit, meine Schrulligkeit. Aber in letzter Zeit war mir aufgefallen, dass sie sich sehr intensiv damit beschäftigte. So intensiv, dass es einen Keil zwischen uns trieb, und das wollte ich nicht. Sie war die Frau meines Bruders und ich wollte keinen Bruch in der Familie, aber ich wollte auch nicht ständig Amandas Druck spüren, die darauf bestand, dass mit mir etwas nicht stimmte.

„Vielleicht wäre ein MRT angebracht."

„Wie bitte?" Ich blinzelte. Hatte ich sie richtig verstanden? Sie wollte mein Gehirn scannen?

Die Hintertür schwang auf und Laura watschelte hinaus. „Alles in Ordnung?" Ihr Blick huschte von mir zu Amanda und wieder zurück.

„Ja, klar. Amanda hat nur gerade gesagt, dass ich ihrer Meinung nach ein MRT brauche." Ich ärgerte mich wieder einmal maßlos über sie.

„Im Ernst?" Lauras Augenbrauen hoben sich und sie wandte sich an Amanda. „Warum?"

„Audrey weist neben ihrer angeborenen Ungeschicklichkeit mehrere ungewöhnliche Eigenschaften auf. Die Art und Weise, wie sie mit ihren Tieren spricht, zum Beispiel. Ich bin mir nicht sicher, ob das normal ist."

„Aber du hast keine Haustiere, oder, Amanda?", fragte Laura. „Woher willst du also wissen, ob es normal ist, dass jemand mit seinen Haustieren spricht oder nicht? Dies sind lediglich deine eigenen Beobachtungen aus deiner eigenen Lebensperspektive. Es ist nicht fair, dass du Audrey nach dem beurteilst, was du für … normal hältst."

Ich nickte in stummer Zustimmung. Laura hatte es besser gesagt, als ich es je könnte. Amanda legte den Kopf schief und dachte über Lauras Worte nach.

„Mmh. Vielleicht", räumte sie schließlich ein.

Laura drehte Amanda den Rücken zu und grinste mich an. „Danke für die tolle Party, Schwesterherz. Ich habe mich prächtig amüsiert, aber ich mach mich jetzt auf den Weg. Baby Nummer zwei verlangt, dass ich ein Nickerchen mache."

Ich streichelte liebevoll ihren Bauch. „Was Baby Nummer zwei will, bekommt es auch." Wir befanden uns in den letzten Wochen von Lauras Schwangerschaft und realistisch betrachtet konnte das Baby jederzeit kommen. Ich war ganz aufgeregt und konnte es kaum erwarten, meine neue Nichte oder meinen neuen Neffen kennenzulernen.

„Ich bleibe und helfe beim Aufräumen", erklärte Amanda und folgte uns nach drinnen, wo die Party gerade zu Ende ging.

„Nicht nötig." Ich stolperte über die Schwelle und fiel hinein.

Das war es wirklich nicht, denn Mom war bereits dabei. Wie ein Wirbelwind sauste sie mit dem Müllsack in der Hand umher und sammelte zerplatzte Ballonteile, leere Pappteller und -becher ein und machte kurzen Prozess damit.

Sie schaute zu uns. „Oh gut, dass ihr hier seid. Amanda, fängst du bitte schon mal an, die Geschenke zum Auto zu tragen?"

„Natürlich."

„Danke", formte ich wortlos mit den Lippen in Richtung Mom, während ich die Gastgeberin spielte und allen für ihr Kommen dankte. Eine halbe Stunde später war mein Haus wieder leer. Obwohl die Luft deutlich nach Babypuder roch, war nichts mehr von dem Chaos zu sehen, das eine Gruppe von Frauen wegen eines Babys verursacht hatte.

Ich warf einen Blick auf meine Smartwatch – es war bereits meine Dritte. Fragen Sie nicht, warum. Es war kurz vor halb sieben, ein perfekter Zeitpunkt, um die Firefly Bay Brewing Company zu besuchen und mit Eric Sullivan zu plaudern.

Lust auf ein heißes Date?, schrieb ich Galloway.

Immer, antwortete er.

KAPITEL 5

*W*as ich wirklich wollte, war das Sprucehead Stout mit Schokoladen- und Kaffeearomen. „Passt gut zu einem Burger", erklärte uns der hippe Barkeeper mit dem geölten Bart. Aber eine Wette war eine Wette und ich war fest entschlossen, sie zu gewinnen. Kein Koffein. Nicht einmal im Bier. Stattdessen bestellte ich mir also das Twin-Screw Pale Ale und eine Pizza. Galloway traf dieselbe Wahl.

„Also." Ich trank einen Schluck und schaute mich in der Firefly Bay Brewing Company um. Es gab nur schwarzen Stahl, dunkles, rustikales Holz und eine Menge Pflanzen in Dosen. Außerdem waren zwei riesige Fässer aufgestellt und der Duft von Hopfen lag in der Luft. Das Gebäude selbst war zwar alt, aber es war zu einem sehr hippen, modernen und angesagten Raum mit originalen Steinwänden renoviert worden. Das Bier schmeckte auch gut. „Hast du etwas aus Arlie Roberts herausbekommen?"

Galloway lachte leise, trank ebenfalls einen Schluck und musterte mich über den Glasrand hinweg. „Ich vermute, du weißt es bereits, aber ich kann dir einfach nichts abschlagen."

Meine Augen wurden groß und ich stellte mein Glas mit einem dumpfen Schlag auf den Tisch. „Arlie hat geredet?"

„Wohl kaum", meinte Galloway lachend. „Aber ein Durchsuchungsbeschluss brachte über ein Dutzend Fässer Bier in seinem Schuppen zum Vorschein."

„Aha." Ich nickte. „Das Bier, das er an Dean verkauft hat, um das Gebräu von Moustache Craft Ales zu panschen."

„Das hat er dir gesagt?"

„Mmhmm. Er meinte auch, dass er bis zum Hals in der Sache drinsteckte und nicht wusste, wie er da wieder herauskommen sollte. Glaubst du, Arlie hat ihn getötet?"

„Auf den ersten Blick scheint das möglich, aber denk doch mal nach. Wenn Arlie einen lukrativen

Deal mit Ward hat, wird er den nicht so einfach aufgeben."

„Aber Dean wollte aussteigen. Er war auf dem Weg zu mir, um mich um Hilfe zu bitten."

Galloway schüttelte bereits den Kopf. „Arlie würde seinen Goldesel niemals töten. Er hätte eher dich umgebracht." Auf meinen entsetzten Blick hin fuhr Galloway schnell fort: „Außerdem ist Mord nicht Arlies Stil. Er steht mehr auf Drohungen und Erpressung."

„Also glaubst du nicht, dass Arlie ein Mörder ist?"

„Nein. Das ergibt keinen Sinn. Arlie ist nicht dumm. Er weiß, wie er seine Spuren verwischt. Selbst wenn er der Mörder wäre, bezweifle ich, dass er Wards Leiche einfach so in einem Garten liegen gelassen hätte. Er hätte sie entsorgt und Dean Ward einfach verschwinden lassen."

„Du hast recht. Dean in meinem Vorgarten zu töten und die Leiche mit dem Messer dort liegen zu lassen, ist ein sicherer Weg, um die Aufmerksamkeit der Polizei zu erregen. Und die Aufmerksamkeit der Polizei auf sich zu lenken, steht sicher nicht auf Arlies Tagesordnung."

Eine dröhnende Stimme unterbrach uns. „Guten Abend. Ich hoffe, Sie genießen Ihr Bier." Ich erkannte den Mann, der an unserem Tisch stand, sofort. Eric Sullivan. Eigentümer der Firefly Bay Brewing Company und Deans Konkurrent. Ein bisschen kleiner als Dean, ein bisschen breiter, mit einem ausgezeichneten Ansatz eines Bierbauchs, aber mit denselben grauen Strähnen im Haar.

„Das tun wir, danke", antwortete Galloway.

„Ich hoffe, ich störe Sie nicht, aber ich habe Sie als einen von Fireflys besten ..." Er brach ab und sah Galloway hoffnungsvoll an.

Galloway verstand den Wink. „Detective Kade Galloway." Er stand auf und reichte ihm die Hand. Der Handschlag der beiden Männer entsprach dieser männlichen Art und Weise, bei der man sich gegenseitig abschätzte und gleichzeitig die Finger des anderen bis zum Gehtnichtmehr zerquetschte.

Ich räusperte mich und stand ebenfalls auf. „Audrey Fitzgerald, Privatdetektivin." Ich hielt ihm die Hand hin.

Überraschung blitzte in Erics Gesicht auf und er ließ Galloways Hand los, um meine zu ergreifen. „Sie sind Privatdetektivin?"

„Ja." Ich zog die Hand zurück und wischte mir heimlich die Handfläche an meinem Oberschenkel ab. Eric Sullivan hatte klamme Hände. Das war nicht nur eklig, sondern ich war auch neugierig, warum. Hatte er etwas zu verbergen? Aber schließlich war er auf uns zugekommen! Ich brauchte wirklich einen Schuss Koffein, um meinen Denkapparat wieder in Gang zu bringen.

„Bitte, setzen Sie sich doch einen Moment zu uns." Galloway deutete auf einen freien Platz an unserem Tisch. „Wir haben ein paar Fragen."

Eric setzte sich, schlug die Hände zusammen und stützte sie auf die Tischplatte. „Offizielle Polizeiangelegenheit, was?", scherzte er.

„Tatsächlich bin ich gerade nicht im Dienst, aber da ich hier bin und Sie hier sind …"

„Ich helfe gerne, wo ich kann." Eric lächelte kurz. „Ich nehme an, es geht um Dean?"

„Sie beide standen sich einmal sehr nah." Ich stützte die Ellbogen auf den Tisch und lehnte mich vor.

„Er war mein bester Freund. Wir haben das hier gemeinsam gegründet." Eric wedelte mit einer Hand herum. „Alles war gut."

„Dann ging Dean weg, um das Moustache Craft Ales zu gründen", schaltete sich Galloway ein.

„Warum ist er gegangen?", fragte ich.

Eric verzog das Gesicht. „Wir haben gut zusammengearbeitet, weil wir beide ehrgeizig waren, uns gegenseitig antrieben und uns übertreffen wollten. Ich hatte ein neues Bierrezept kreiert und Dean musste es sofort übertreffen und so weiter." Er lehnte sich in seinem Stuhl zurück und fummelte mit den Fingern an einem Untersetzer herum. „Aber Dean sah in allem einen Wettbewerb. Und dann hat er es zu weit getrieben."

Ein Bild von Dean, Leah und Eric, die sich im Arm hielten und in die Kamera strahlten, schoss mir durch den Kopf. „Leah. Sie haben sich wegen einer Frau zerstritten."

Eric atmete hörbar aus. „Ich habe Leah als Erster kennengelernt, aber kaum erwähnte ich Dean gegenüber, dass sie mir gefiel, ging er sofort zu ihr und machte sich an sie heran. Und es funktionierte. Ich habe versucht, darüber hinwegzukommen, aber … ich weiß nicht, es war, als ob Dean es genoss, es mir ständig unter die Nase zu reiben und allmählich wurde die Situation bei der Arbeit wirklich unangenehm. Also habe ich ihn ausbezahlt und die Partnerschaft aufgelöst."

„Sie waren es, der das veranlasst hat? Sie haben die Partnerschaft beendet?", fragte Galloway.

„Oh, ich weiß, dass Dean allen erzählt hat, sein Weggang wäre seine Entscheidung gewesen und dass er sich selbständig machen wollte. Aber so war es nicht gewesen."

Interessant. „Wusste Leah darüber Bescheid?"

Eric rutschte unbehaglich auf seinem Sitz hin und her und wurde rot. „Sie hätte taub und blind sein müssen, um es nicht zu wissen. Dean hat mich immer wieder mit ihrer Beziehung hier in der Bar aufgezogen. Er sagte Dinge wie *Leah, meine Liebe, du weißt, dass Eric scharf auf dich ist, oder, Babe? Aber der beste Mann hat gewonnen. Stimmt's, Eric?* Das war für alle sehr unangenehm. Dean konnte es einfach nicht sein lassen."

Was für ein Idiot. Es bestätigte meine Meinung, dass Dean Ward wirklich kein netter Mann gewesen war. Zum Glück war sein Geist uns heute Abend nicht hierher gefolgt. Das letzte Mal hatte ich ihn gesehen, als Ben und er sich auf dem Rasen hinter dem Haus geprügelt hatten. Was überhaupt nicht zu Ben passte. Er war kein gewalttätiger Mensch, aber dies war bereits die zweite Auseinandersetzung mit Dean innerhalb kurzer Zeit. Auch hier fragte ich mich, warum dem so war. Was brachte Ben an Dean Ward so in Rage?

Galloway legte eine Hand auf meine, um meine Aufmerksamkeit zu erregen. Die sanfte Berührung seiner Fingerspitzen über meinen Handrücken entfachte eine angenehme Hitze in meinem Arm und ich drehte grinsend die Handfläche nach oben und verschränkte meine Finger mit seinen.

Eric entging die Geste nicht. „Sie beide sind zusammen?"

„Ja, er ist mein Freund", sagte ich stolz, als wäre ich zehn Jahre alt und würde meinen Anspruch auf dem Spielplatz geltend machen. Galloway grinste und ich schmolz dahin, als er mir zuzwinkerte. Er konnte mich allein durch sein Atmen erregen. Es hätte mir peinlich sein müssen. Doch das war es nicht.

„Das ist toll. Sie sind ein schönes Paar." Eric lächelte wehmütig, dann wurde seine Aufmerksamkeit von etwas hinter meiner Schulter in Anspruch genommen. „Wenn Sie mich bitte entschuldigen, meine Tochter ist gerade gekommen."

Tochter? Ich drehte mich so schnell auf meinem Stuhl herum, dass ich fast herunterfiel. Ich beobachtete, wie Eric sich einer jungen Frau näherte, die einen kurzen karierten Rock, ein weißes T-Shirt, langes Haar, das ihr in einem schwarzen Wasserfall bis zur Taille fiel, und schwarzen Lippenstift trug. Ich blinzelte. Ich war mir nicht ganz sicher, was genau ihr Stil war, aber er stand ihr einfach ausgezeichnet. Ich seufzte und Galloway drückte meine Hand.

„Tu das nicht", flüsterte er.

„Was?" Ich drehte mich zu ihm um, als Eric und

seine Tochter sich umarmten.

„Dich mit anderen vergleichen und glauben, dass dir etwas fehlt. Du bist die schönste, mitfühlendste, begehrenswerteste Frau, die ich je getroffen habe, und wenn du nur sehen könntest, was ich sehe …"

Ich blinzelte. Dann noch mal.

„Ich sehe tote Menschen."

Galloway warf den Kopf in den Nacken und lachte, aber ich konnte mir nicht einmal ein Grinsen abgewinnen.

„Du ruinierst definitiv jeden Moment, Fitz", stichelte er.

„Nein." Ich senkte die Stimme zu einem Flüstern. „Ich wollte keinen kitschigen Satz aus irgendeinem Kinofilm." Ich holte tief Luft. „Ich habe gehört, was du gesagt hast, und ich liebe dich dafür. Aber …" Ich lenkte meinen Blick von seinen verführerischen grauen Augen zu dem Trio dunkler, unheilvoller Geister, die auf der anderen Seite des Raumes schwebten. Sie waren anders als alle Geister, die ich bisher gesehen hatte. Diese Kerle waren fast unförmig, eher dunkle Schatten, die über dem Boden schwebten und von schwarzen Strudeln überrollt wurden, die sich auf dem Boden sammelten.

Galloway folgte meinem Blick. „Was denn? Ist

Ward hier?"

Ich schüttelte nur den Kopf und konnte nicht antworten. „Nicht Ward", brachte ich schließlich hervor.

„Wer dann? Ist noch jemand gestorben?" Ich hörte die Dringlichkeit in seiner Stimme, konnte aber den Blick nicht von den Geistern abwenden, die sich langsam ihren Weg durch den Raum bahnten. Ich spürte sie, als sie sich hinter uns bewegten. Eisige Ranken, die meine Wirbelsäule streiften und mich dazu brachten, mich zu versteifen und kerzengerade zu sitzen und mich erst wieder zu entspannen, als sie vorbeigezogen waren und ihre ekligen Voodooschwingungen mitgenommen hatten.

„Audrey?", fragte Galloway nach.

Ich ließ mich in meinem Stuhl zurücksinken und atmete aus.

„Was ist passiert?", fragte er.

„Da waren … ich glaube nicht, dass ich sie Geister nennen kann. Sie hatten nicht wirklich eine Form, nicht wie Ben und die anderen, die mir als exakte Abbilder ihrer menschlichen Gestalt erscheinen. Diese waren eher das, was ich mir früher unter einem Geist vorgestellt habe. Gruselige, unheimliche Gespenster, die dich verfolgen und die dich nachts nicht mehr loslassen. Die böse Dinge tun."

„Verdammt." Galloway zog besorgt die Brauen zusammen.

„Du sagst es."

„Willst du gehen?"

Ich warf einen Blick über die Schulter und sah, wie die Geister gerade durch die Wand verschwanden. „Nicht nötig. Jetzt sind sie weg."

„Glaubst du, dass sie mit diesem Gebäude verbunden sind? Alte Geister, die schon so lange hier sind, dass sie sich in etwas anderes verwandelt haben?"

Ich zuckte mit den Schultern. „Vielleicht. Dieses Gebäude ist definitiv alt. Ich muss recherchieren, ob hier jemand gestorben ist." Aus den Augenwinkeln sah ich eine Kellnerin auf mich zukommen. „Die Pizza ist da."

Ich setzte ein falsches Lächeln auf und verdrängte die Angst, die sich in mir breitmachte. Ich hatte keine Ahnung, was die schwebenden Kreaturen waren. Aber ich hatte sie gespürt. Die Dunkelheit. Die Verzweiflung. Ich war mir nicht sicher, ob sie sie verursachten oder sich von ihr nährten. Ich wusste nur, dass ich kein Fan von ihnen war.

KAPITEL 6

⨈

„*D*as war wirklich sehr gut. Mal sehen, was sich als Nächstes tut", meinte ich lachend und klammerte mich an Galloways Arm, als wir die Firefly Bay Brewing Company verließen.

„Deine Leber wird dir sehr dankbar sein, wenn du wieder Kaffee trinkst", stichelte er und lenkte mein leicht angetrunkenes Ich zu seinem Auto auf dem Parkplatz.

„Nicht wahr?", meinte ich grinsend. Amanda dachte, sie könnte mich brechen, meine Sucht überwinden, aber die Wahrheit war, dass ich mir meiner Abhängigkeit vom Kaffee durchaus bewusst war und nicht vorhatte, damit aufzuhören. Das war nur eine dumme Wette, die ich in der Hitze des Gefechts abgeschlossen habe, und eine wichtige

Lektion für mich. *Lass dich nicht von Amanda reizen.* Sobald die Worte, mit denen ich zustimmte, auf den Kaffee zu verzichten, meinen Mund verlassen hatten und dieser Anflug von Triumph über ihr Gesicht geschossen war, wusste ich, dass sie mich ausgetrickst hatte.

„Aber dieses Mal habe ich eine neue Strategie", sagte ich laut und ließ mir von Galloway auf den Beifahrersitz helfen.

„Wie bitte, mein Schatz? Eine Strategie wofür?" Bevor ich antworten konnte, schloss er die Tür, und ich wartete, bis er um das Auto herumgelaufen war und sich hinter das Steuer setzte.

„Amanda."

„Eine Strategie für Amanda? Schieß los."

„Meine Strategie ist keine Strategie. Mich nicht darauf einlassen."

„Weißt du, das ist die beste Idee, die ich je von dir gehört habe." Er zwinkerte mir zu und startete den Wagen. „Bist du sicher, dass du heute Abend zu Moustache Craft Ales gehen willst? Oder möchtest du lieber nach Hause fahren?"

Ich schnaubte. „Die Nacht ist noch jung! Aber im Ernst", sagte ich etwas nüchterner, „ich möchte mir das Moustachios ansehen und ein Gefühl für den Ort, das Personal und das Bier bekommen … obwohl ich bezweifle, dass ich nach den beiden Ales im Fireflies einen großen Unterschied schmecken würde."

„Moustachios?", Galloway lachte.

„Nun, sie haben alle so lange und alberne Namen", beschwerte ich mich. „Es sollte ein Gesetz geben: Wenn du Alkohol ausschenkst, musst du deinen Namen kurz und knapp halten, damit deine Gäste ihn auch noch aussprechen können, wenn sie betrunken sind."

„Diesen Marketingaspekt hat sicher noch niemand bedacht."

„Vielleicht sollte ich ins Marketing gehen", überlegte ich.

„Was? Und die Detektivarbeit aufgeben?" Galloway schnappte mit gespielter Überraschung nach Luft. „Das würdest du nie schaffen."

„Du hast recht. Ich bin eine zu gute Privatdetektivin, um damit aufzuhören."

Galloway streckte die Hand aus und drückte mein Knie. „Zweifel niemals daran."

Moustache Craft Ales war irgendwie gleich und doch anders. Es hatte definitiv einen hippen Look, aber es waren keine Fässer zu sehen. Ich schnupperte. Es roch auch nicht nach Hopfen. Aber es gab Musik. Und die war ziemlich laut, was wahrscheinlich an dem jungen Publikum lag.

„Glaubst du, sie brauen ihr Bier irgendwo anders?", rief ich Galloway zu. Das würde Sinn ergeben, wenn man bedachte, dass Dean sein eigenes Gebräu durch Gott weiß was ersetzt hatte, das Arlie geliefert hatte.

„Ich sehe hier keine passenden Gerätschaften", stimmte er mir zu, als wir uns auf den Weg zur Bar machten.

„Was kann ich Ihnen bringen?", fragte ein Zwölfjähriger mit einer unglaublich tiefen Stimme hinter der Theke.

„Ist er alt genug, um Alkohol auszuschenken?", flüsterte ich aus dem Mundwinkel. Offenbar war mein Flüstern lauter als erwartet, denn das betreffende Kind warf den Kopf zurück und lachte.

„Das höre ich nicht zum ersten Mal, Ma'am. Aber ich kann Ihnen versichern, dass ich alt genug bin. Ich bin zweiundzwanzig." Bevor ich ihn aufhalten konnte, zückte er seinen Führerschein und hielt ihn mir vor das Gesicht. Ich fokussierte meinen Blick und las den Namen Jay Byrne.

Galloway warf einen Blick auf den Führerschein und dann auf Jay. „Was würden Sie uns denn empfehlen, Jay?"

„Neulinge?", fragte Jay.

Ich nickte.

„In diesem Fall würde ich unser Copper House Ale vorschlagen. Es hat eine geröstete Malznote und einen mittelstarken, ausgewogenen Geschmack."

„Das klingt gut." Zu diesem Zeitpunkt würde ich allem zustimmen. Ich hatte keine Ahnung, wie geröstetes Malz schmeckte, war aber nicht abgeneigt, es herauszufinden.

Jay schenkte fachmännisch unsere Getränke ein, während Galloway sich beiläufig erkundigte, wie lange er für Dean gearbeitet hatte.

„Seit der Eröffnung", sagte Jay.

„Es muss enttäuschend gewesen sein, dass dieser Laden nicht den Preis für das Craft Ale des Jahres gewonnen hat", meinte ich.

Jay verdrehte die Augen. „Dean schien zu glauben, dass wir eine Chance haben."

„Sie waren sich nicht so sicher?"

„Ich denke schon. Aber Tatsache ist, dass Eric mehr Geld hat, um in sein Geschäft zu investieren, mit neuen Rezepten zu experimentieren und zu expandieren – er probiert gerade einen Cider aus. Dean, nun ja, ich will nicht schlecht über Tote reden und er war mein Chef und so, aber er verbrachte zu viel Zeit damit, Luftschlösser zu

bauen, anstatt sich um das Geschäft zu kümmern."
Jay schob mir mein Getränk zu. „Geht auf Kosten
des Hauses."

„Danke." Ich nahm einen Schluck. Es war gut.
Nicht herausragend oder unglaublich oder
preisgekrönt. Aber gut.

„Uns ist bekannt, dass es zwischen Eric und Dean
böses Blut gab. Wissen Sie etwas darüber?", fragte
Galloway.

Jay lachte spöttisch. „Das konnte man einfach
nicht übersehen. Dean hat Eric immer geärgert,
entweder offen oder hinter seinem Rücken."

Galloway und ich sahen uns an. Das war nichts
Neues.

„Aber ich habe zufällig gesehen, wie sich die
beiden vor ein paar Tagen gestritten haben", fuhr Jay
fort.

„War das, als Eric hier war, um mit dem Preis
anzugeben, den er gewonnen hat?"

Jay runzelte die Stirn. „Ähm, nein, ich bin mir
nicht sicher, ob dem so war. Eric kam zwar vorbei,
aber ich konnte keine Schadenfreude erkennen. Und
er hat auch keinen Preis erwähnt. Ich weiß nur, dass
ich Dean sagen hörte: *Du schuldest mir was.*"

„Und was hat Eric gesagt?"

„*Ich schulde dir gar nichts.* Und dann ist er

gegangen. Dean hat danach stundenlang in seinem Büro geschmollt."

Jay wurde weggerufen, um einen anderen Gast zu bedienen, während Galloway und ich unser Bier genossen und über den Fall nachdachten. Leah und Dean hatten also in Bezug auf den Streit mit Eric gelogen. Dean hatte Eric nicht rausgeschmissen. Eric war von sich aus gegangen.

„Das böse Blut zwischen Eric und Dean sitzt tief." Ich spielte an einem Untersetzer herum. „Tief genug, um zu töten?"

„Ich sehe kein Motiv", gab Galloway zu. „Warum sollte Eric Dean töten? Der Firefly Bay Brewing Company geht es gut. Er gewinnt Preise. Er wird Mustache Craft Ales den Rang ablaufen. Und dann ist da noch Deans Kontakt mit Arlie und das gepanschte Bier. Eric musste Dean nicht töten, um geschäftlich erfolgreich zu sein. Je mehr wir nachforschen, desto mehr scheint es, dass Dean sich selbst zerstört hat."

„Was ist mit Leah? Laut Eric ist sie der Grund für das Zerwürfnis."

„Das stimmt, aber das war weder Leahs Schuld noch ihr Verdienst. Es war Dean. Eric vertraute seinem Freund an, dass er sie mochte, und Dean, der genau wusste, dass sein bester Freund Gefühle für sie hegte, ging zu ihr und bat sie um ein Date. Außerdem ist das schon drei Jahre her. Warum so lange warten, um deswegen etwas zu tun?", überlegte Galloway.

„Du hast recht. Das ist ein ziemlich fadenscheiniges Motiv."

„Aber ein Geschäftskonkurrent ist ein guter Verdächtiger. Zumindest auf dem Papier."

Ich stützte das Kinn auf die Hand und dachte über den Mord an Dean Ward nach. Bislang hatte ich drei Verdächtige. Die Freundin, Leah Dunn. Der ehemalige Geschäftspartner, Eric Sullivan. Und Arlie Roberts, Vertreiber von gepanschtem Bier und allgemein ein zwielichtiger Charakter.

Auch ihre Motive waren ziemlich fadenscheinig. Leah hatte keinen Grund, ihren Freund tot sehen zu wollen – zumindest konnte ich keinen entdecken. Dass Eric ihn nach einer dreijährigen Fehde getötet hatte, war unwahrscheinlich. Und Arlie würde durch seine Ermordung eine Geldquelle verlieren.

„Dean kann sich immer noch nicht erinnern, warum er zu dir wollte?", fragte Galloway, dessen Barhocker so nah war, dass sich unsere Schenkel berührten und seine Wärme mich ablenkte.

„Nein", meinte ich schmollend. Zugegeben, es wäre viel einfacher gewesen, wenn wir dieses Teil des Puzzles gehabt hätten, aber das gehörte ja auch zum Lösen des Rätsels, das Verbinden der Punkte, das Aufdecken von Hinweisen, bis wir der Wahrheit auf die Spur kamen. Ich riss den Kopf herum und starrte Galloway an.

„Was?", meinte er lachend und zuckte angesichts der Schärfe meines Blicks ein wenig zurück.

Ich blinzelte. „Entschuldigung. Ich hatte bloß eine Idee."

„Okay …"

„Ich bin Privatdetektivin."

„Ich weiß."

„Die meisten Leute engagieren mich für Dinge wie, ach, du weißt schon, *untreue Ehepartner*."

Galloway nickte langsam. „Du glaubst, dass Dean vielleicht dachte, dass Leah ihn betrügt, und Gewissheit wollte?"

„Das klingt doch plausibel. Aber hat sie ihn getötet? Da bin ich mir nicht sicher. Ich meine, ich finde es ziemlich extrem, einem Mann ein Messer in den Rücken zu rammen, damit er nicht herausfindet, dass man ihn betrügt."

„Wir kommen immer wieder darauf zurück. Vielleicht war der Grund, warum er dich engagieren wollte, ein anderer als der Grund, warum er getötet wurde. Vielleicht gibt es überhaupt keinen Zusammenhang."

Ich ließ den Kopf auf den Tresen fallen und legte die Stirn auf die harte Oberfläche. „Oh Mann", brummte ich. Galloway massierte meinen Nacken. Seine Finger waren sicher und wissend und mein Stress schmolz durch seine fachkundige Berührung dahin. Ich seufzte, dann murmelte ich: „Ich bin mir ziemlich sicher, dass ich auf diese Bar sabbere."

Galloway lachte und zog mich hoch. „Wie wäre es, wenn wir dich nach Hause bringen, hm? Lass uns eine Nacht darüber schlafen."

„Nach Hause gehen klingt toll, aber ich hatte nicht vor zu schlafen." Ich zwinkerte ihm zu und schlang die Arme um seine Taille, um mich an ihn zu drücken.

„Das hatte ich auch nicht vor, Fitz." Er kniff mir in den Hintern, winkte Jay zum Abschied zu und wir gingen hinaus.

Ich hoffte nur, dass ich nicht im Auto einschlief, denn ich hatte heute Abend Pläne mit Kade Galloway, und die erforderten, dass ich wach blieb.

KAPITEL 7

„Schatz." Ein sanfter Schubs wollte mich aufwecken. Aber ich wollte nicht. „Neeeeeeein." Ich hatte wieder einen dieser Träume. Kaffee-Nirwana. Ich saß in einer Wanne voll davon, mein Rücken und meine Schultern wurden mit einem göttlichen Kaffee-Peeling massiert und der Duft von Kaffee umgab mich. Ich wollte nie wieder dort weg.

„Schatz, du bist an deinem Schreibtisch eingeschlafen. Mal wieder."

Ich öffnete langsam die Augen, der Traum löste sich auf und hinterließ eine Sehnsucht, für die ich töten würde. Na ja, fast. Die Massage war allerdings real gewesen. Galloway knetete sanft meine Schultern, um mich aufzuwecken, während mein

Oberkörper auf dem Schreibtisch lag. Ich kämpfte mich in eine sitzende Position und spürte, wie mein Nacken schmerzte.

„Wann bist du runter gegangen?" Galloway fuhr mit den Fingern zu meinem Nacken, fand die Stelle und löste die Knoten.

„Gegen drei Uhr. Ich bin aufgewacht und konnte nicht mehr einschlafen, also dachte ich mir, ich könnte genauso gut etwas arbeiten."

„Und? Irgendwelche Fortschritte?"

Ich streckte mich, gähnte und verpasste Galloway einen Hauch von schlechtem Morgenatem, bevor ich mir eine Hand auf den Mund legte und mich entschuldigte. Er wies meine Entschuldigung mit einem Kuss auf die Wange ab, bevor er sich aufrichtete, zur Tür ging und über die Schulter rief: „Grüner Tee?"

„Wasch dir den Mund aus." Ich schaute finster drein. „Ich nehme koffeinfreien Kaffee." Ein schwacher Ersatz, falls es überhaupt einer war.

„Noch ein Tag." Galloway verschwand aus meinem Blickfeld, um unsere Morgengetränke zuzubereiten, während ich ins Bad schlurfte. Kurz darauf trafen wir uns in meinem Büro wieder.

Ich zeigte auf meinen Computerbildschirm, auf

dem eine Tatorttafel angezeigt wurde. „Ich habe ein bisschen gegraben.“

„Und?“

„Zwei Dinge.“ Ich hielt einen Finger hoch. „Erstens stand Dean offenbar kurz vor dem Bankrott.“ Ich wusste, dass die Polizei diese Informationen selbst herausfinden würde, aber wenn ich die Dinge beschleunigen konnte, umso besser.

„Wahrscheinlich hat er sich deshalb mit Arlie Roberts eingelassen. Verzweifelte Zeiten verlangen nach verzweifelten Maßnahmen. Er wollte sein Geschäft mit allen Mitteln retten.“

„Und laut Jay hat Dean sich nicht viel ums Geschäft gekümmert. Zumindest hat er das sinngemäß gesagt.“

„Das könnte sein. Ein Unternehmen zu führen, ist schwer. Offenbar besaß Dean nicht denselben Geschäftssinn wie Eric. Was hast du noch herausgefunden?“

„Ich bin seine Telefonlisten durchgegangen. Er hat vor ein paar Tagen eine gebührenpflichtige Nummer angerufen. Das Gespräch hat nur ein paar Sekunden gedauert.“

Galloway trank einen Schluck Tee, während ich an meinem koffeinfreien Kaffee nippte und so tat, als wäre es *echter* Kaffee. Ich ließ ihn in Ruhe über meine Entdeckungen nachdenken.

„Ist Dean jetzt hier?", fragte er schließlich.

„Nein. Ben bleibt normalerweise die ganze Nacht weg und schaut Netflix oder was auch immer mit seinen schlaflosen Freunden. Ich weiß nicht, wo Dean ist. Wahrscheinlich aber nicht bei Ben. Die beiden kommen nicht gut miteinander aus." Ich erzählte Galloway von dem zweiten Kampf zwischen den Geistern.

„Das passt gar nicht zu Ben."

Genau mein Gedanke. „Ben meinte, dass Dean wegen Arlie zu mir gekommen war. Vielleicht dachte Dean, ich könnte ihm in dieser Situation irgendwie helfen?"

Galloway zog die Brauen zusammen. „Das ist nicht die Aufgabe eines Privatdetektivs."

„Jetzt klingst du so beschützend wie Ben. Wir kommen immer wieder darauf zurück, warum Dean mich engagieren wollte. Hatten wir uns gestern Abend nicht darauf geeinigt, das aus unseren Überlegungen zu streichen? Was, wenn Deans Leiche woanders gefunden worden wäre? Was, wenn es gar nichts mit mir zu tun hat?"

„Du hast recht. Deine Beteiligung vernebelt unser Urteilsvermögen."

„Vor allem, weil ich nicht weiß, was meine Beteiligung ist. Oder war. Oder gewesen wäre."

Galloway warf einen Blick auf die Liste der Verdächtigen auf meinem Bildschirm. Er tippte mit einem Finger auf den Monitor. „Du ziehst Eric Sullivan in Betracht?"

Ich zuckte mit den Schultern. „Ich denke, wir könnten ihn uns genauer ansehen. Er ist Deans ehemaliger Geschäftspartner. Er hat gerade einen Preis gewonnen, den Dean unbedingt haben wollte. Jay sah, wie sich die beiden stritten. Ich habe den Eindruck, dass das böse Blut zwischen ihnen nie überwunden wurde. Vielleicht wollte Eric es ein für alle Mal hinter sich bringen und der einzige Weg, Dean dazu zu bringen, ihn in Ruhe zu lassen, war, ihn zu töten." Denn eines war mir bei Dean Ward klar: Er war ein rachsüchtiger Mann, der mit der Wahrheit ziemlich locker umging. Hatte er Eric zu weit getrieben?

„Okay, du überprüfst Eric und hältst mich auf dem Laufenden. Ich arbeite immer noch an der Sache mit Arlie Roberts. Die gestrige Befragung hat uns genügend Gründe für einen Durchsuchungsbeschluss geliefert."

Ich runzelte verwirrt die Stirn. „Ich dachte, du hältst Arlie nicht für unseren Mörder."

„Das tue ich auch nicht. Aber er ist immer noch ein Krimineller, und wenn wir ihn mit einer anderen Anklage überführen können, gut. Wenn wir ihm etwas Großes anhängen können, das seine Bande zerschlägt, umso besser."

„Mit etwas Großem meinst du nicht nur Bierpanscherei, oder?"

„Nein, ich meine damit Waffen und Drogen. Arlie ist vielleicht nicht unser Mörder, aber einer seiner Männer könnte es sein. Diesmal werfe ich das Netz weit aus."

Ich stand auf und schlang die Arme um Galloways Hals. „Bitte sei vorsichtig."

Er drückte mir einen Kuss auf die Lippen. „Das bin ich immer."

Ich hörte, wie die Katzenklappe gegen das Fenster schlug, gefolgt von dem Donnern pelziger Pfoten. „Er ist wach, er ist wach!", gluckste Bandit, schlitterte ins Büro, stellte sich auf die Hinterbeine und griff nach Galloways Oberschenkel.

„Guten Morgen, Bandit." Galloway nahm die Waschbärin auf den Arm und kraulte sie.

„Ich liebe dich!", erklärte Bandit und vergrub ihr Gesicht in der weichen Stelle zwischen Galloways Hals und Schulter. „Liebe, Liebe, Liebe."

Galloway sah mich über den Kopf des

schnatternden Waschbären hinweg an, eine Augenbraue hochgezogen.

„Sie sagt, dass sie dich liebt", übersetzte ich.

Galloway küsste sie auf den Kopf und sagte: „Ich liebe dich auch, Bandit", bevor er sie auf den Boden setzte.

Thor tauchte in der Tür auf. „Ist das Frühstück fertig?", verlangte er und ich brach in Gelächter aus.

„Was?", fragten Galloway und Thor unisono.

Ich schüttelte den Kopf und erklärte: „Bandit kommt herein, um Liebe und Zuneigung zu bekommen. Du stolzierst zum Fressen herein."

„Ich liebe Essen", sagte Thor einfach.

„Komm her, Thor. Ich gebe dir noch etwas Trockenfutter, bevor ich gehe, Kumpel." Galloway hob das riesige graue Fellknäuel auf und kraulte es hinter den Ohren, während er es in die Küche trug, dicht gefolgt von Bandit. Ich konnte das Schnurren bis in mein Büro hören. Thor mochte das Essen lieben, aber Galloway liebte er ebenso sehr.

Nachdem die Tiere gefüttert und Galloway mit einem langen, innigen Kuss verabschiedet worden war, ging ich nach oben, um zu duschen. Die Dusche war mein Ort zum Nachdenken, und während ich unter dem heißen Wasserstrahl stand, ließ ich die Gedanken schweifen. Nachdem wir lästige Themen wie Amanda und unsere blöde Wette angeschnitten und kurz darüber nachgedacht hatten, warum sie mich heute Morgen nicht wie sonst um sechs Uhr angerufen hatte, waren wir auf Leah Dunn zu sprechen gekommen. Leah, die über die Nachricht vom Tod ihres Freundes verzweifelt war und sich an meinen Mann heranzumachen schien, kaum dass ich aus dem Zimmer war.

Um ehrlich zu sein, könnte es aber auch sein, dass meine koffeinlose Fantasie aus einer Mücke einen Elefanten machte. Trotzdem kam ich nicht umhin, mich mit der Frage zu befassen, warum Dean mich aufgesucht hatte. Obwohl ich Galloway gesagt hatte, dass ich diese Frage nicht weiterverfolgen würde, konnte ich sie anscheinend nicht loslassen.

Ich stieg aus der Dusche, trocknete mich ab und zog mir eine abgeschnittene Jeanshose und ein T-Shirt an, bevor ich in ein Paar Leinenschuhe schlüpfte und hinausging. Nur um fünf Minuten später zurückzukommen und mein Handy zu holen, bevor ich wirklich ging. Meine Smartwatch, so stellte ich bald fest, war schon wieder tot. Warum ich diese Dinge immer wieder austauschte, war mir ein Rätsel. Ich hatte zwei kaputtgemacht und die Dritte vergaß ich ständig, aufzuladen. Und dabei sollte sie mein Leben einfacher machen. Ich nahm sie ab, warf sie in meine Tasche und stellte eine Erinnerung auf meinem Telefon ein, um die Smartwatch aufzuladen, wenn ich nach Hause kam.

Ich fuhr gerade noch rechtzeitig vor Leahs Wohnung vor, um sie im Wagen fortfahren zu sehen. Mein Timing hätte nicht besser sein können. Ich folgte ihrem schwarzen Mazda auf den Parkplatz von Moustache Craft Ales. Was kein Wunder war, da sie dort arbeitete. Ich nahm an, dass sie den Laden jetzt leitete, da Dean tot war.

In dem Moment ging mir ein Licht auf. War das ein Mordmotiv? Wollte Leah Moustache Craft Ales für sich allein? Aber sie wusste doch, dass Dean kurz vor dem Ruin stand und alles verlieren würde, oder? Das machte es nicht gerade zu einem Motiv. Es sei denn … ich tippte mir auf die Oberlippe. Es sei denn, Leah hatte Geld und wartete darauf, Moustache Craft Ales zu einem Schnäppchenpreis zu ergattern. Ich würde mir später ihre Finanzen genauer ansehen.

Ich parkte auf der Straße mit Blick auf den Pub und machte es mir gemütlich. Es war früh und das Lokal noch geschlossen, aber wenn man so etwas betrieb, gab es sicherlich viel zu tun. Putzen. Lagerbestände auffüllen. Papierkram. Außerdem fehlte ihnen nach Deans Tod ein Teammitglied, weshalb Leah wahrscheinlich schon früher dort war.

Die nächsten zwei Stunden passierte gar nichts, aber dann, kurz vor elf, war es soweit! Jay kam zu seiner Schicht. Dann ein weiterer Mitarbeiter, den ich nicht kannte. Und noch einer. Moustache Craft Ales öffnete seine Türen und die ersten Gäste strömten herein. Ich nahm an, dass sie für ein frühes Mittagessen hier waren, aber es könnten auch Tagestouristen gewesen sein. Ich war nicht hier, um zu urteilen.

Ich hatte mein Fernglas dabei, das kompakt, unauffällig und wirklich gut für Observationen war … und sich bezahlt machte, als sich die Seitentür öffnete und Jay nach draußen trat. Er blieb einen Moment stehen, musterte den Parkplatz, nickte sich dann selbst zu und ging zu einem roten Kombi, den ich ein paar Minuten zuvor hatte ankommen sehen. Das Fenster des Wagens wurde heruntergelassen und ein Arm erschien. Wer auch immer im Auto saß, tauschte etwas mit Jay aus, und mir kam sofort eine Schlussfolgerung in den Sinn: Drogen.

Mein Fernglas bestätigte meine Vermutung. Jay holte eine winzige Plastiktüte aus seiner Tasche, reichte sie der Person im Auto und steckte dann etwas, das wie ein paar Geldscheine aussah, in seine

Gesäßtasche. Er schaute sich kurz um, um sicherzugehen, dass niemand ihn gesehen hatte, und eilte zurück ins Gebäude.

Das Fenster des Wagens wurde hochgekurbelt, bevor ich einen Blick hineinwerfen konnte. Durch die dunkle Tönung konnte ich die schemenhafte Gestalt hinter dem Lenkrad nicht erkennen. Das Fahrzeug stand parallel zu mir, die Nummernschilder waren nicht zu sehen, aber ich musste einfach nur warten. Ich würde es mir merken, wenn das Auto wegfuhr, was genau jetzt der Fall war!

Mein Herz raste, als ich den Wagen mit dem Fernglas verfolgte, beobachtete, wie er den Parkplatz überquerte und sich darauf vorbereitete, auf die Straße zu fahren – jeden Moment würde ich das Nummernschild sehen. *Merk dir die Zahlen, merk dir die Zahlen*, ermahnte ich mich stumm.

Und gerade als er den Parkplatz verließ, fuhr ein Lastwagen vorbei und versperrte mir die Sicht. Als der Lkw endlich vorbei war, war das rote Auto schon weg.

„Verdammt, verdammt, verdammt", schimpfte ich und schlug auf das Lenkrad. Aber vielleicht war noch nicht alles verloren. Vielleicht konnte ich ihm folgen? Ich warf mein Fernglas auf den Beifahrersitz, ließ den Motor an, setzte den Blinker und wollte gerade losfahren, als mir ein anderes Auto auffiel. Ein grüner Land Rover mit personalisierten Nummernschildern, auf denen *Eric* stand.

War damit Eric Sullivan gemeint? Und wenn ja, warum war er im Moustache Craft Ales? Langsam griffen meine Finger nach dem Schlüssel und schalteten den Motor ab. Ich beobachtete durch das Fenster, wie derjenige, den ich für Eric hielt, parkte, aber nicht aus seinem Fahrzeug ausstieg. Ich griff wieder nach dem Fernglas. Worauf wartete er? War er auch hier, um Drogen zu kaufen? Bei diesem Gedanken beschleunigte sich mein Herzschlag. Galloway hatte recht gehabt. Firefly Bay hatte ein Drogenproblem.

Die Seitentür des Pubs öffnete sich, aber die Gestalt, die herauskam, war nicht Jay Byrne. Meine Augen verdrehten sich, als ich sah, wie Leah Dunn sich verstohlen umsah, bevor sie auf den Range Rover zusteuerte. Mit dem Fernglas vor dem Gesicht konnte ich kaum atmen, während sich die Szene vor mir abspielte. Leah näherte sich nicht dem Fenster auf der Fahrerseite, so wie Jay es getan hatte. Sie ging direkt zur Beifahrertür, öffnete sie und schlüpfte hinein. Zu meinem Glück hatte Eric Sullivans Wagen keine getönten Scheiben. Ich konnte alles sehen, was sich im Inneren des Fahrzeugs abspielte.

Ich ließ das Fernglas in den Schoß fallen und blinzelte erschrocken. „Nun. Das kam unerwartet."

„Was?", fragte Dean vom Beifahrersitz aus. Ich quietschte erschrocken auf und presste die Hand auf mein wild klopfendes Herz.

„Tun Sie das nie wieder!", schrie ich praktisch.

„Was?", wiederholte er.

„Plötzlich auftauchen, ohne Vorwarnung. Ich dachte, ich wäre allein im Auto."

Er ignorierte mich und sein Blick wanderte über den Parkplatz des Moustache Craft Ales. Oh, ähm. Ich versuchte, ihn abzulenken. Das Letzte, was ich jetzt brauchte, war ein Geist, der einen Wutanfall bekam. „Was machen Sie überhaupt hier?"

„Abgesehen davon, dass ich Ihrem langweiligen Freund, diesem korrupten Bullen, aus dem Weg gehen will, bin ich hier, um nach meinem Pub zu sehen. Das ist schließlich immer noch mein Geschäft."

„Jetzt nicht mehr. Sie sind tot, schon vergessen? Und Ben ist kein korrupter Polizist", fuhr ich ihn an.

Dean lehnte sich zu mir, streckte eine Hand aus, um meine Schulter in meinen Sitz zu drücken, damit er einen besseren Blick auf den Parkplatz hatte, aber seine Hand berührte mich nicht. Stattdessen bekam ich lediglich einen eisigen Schauer zu spüren, dem ich zu entgehen versuchte.

„Moment mal", zischte er und kniff die Augen zusammen. „Ist das …" Er kam noch näher, ging teilweise durch den Schaltknüppel hindurch und kam mir viel zu nahe, als dass ich mich wohlfühlen könnte. „Verdammt, das gibt es doch nicht. Diese Ausgeburt von …"

„Stopp!", unterbrach ich ihn, bevor die Dinge wirklich hässlich wurden und ich Worte hören würde, die ich nicht hören wollte.

Dean schoss über mich hinweg über die Straße zum Parkplatz und schwebte nun vor dem Land Rover, wobei er mit den Armen fuchtelte und wie ein Verrückter schrie. Das Ganze war natürlich vergebliche Liebesmüh, da ich die Einzige war, die ihn sehen oder hören konnte. Eric und Leah bemerkten ihn nicht, waren allerdings in einen ziemlich epischen Lippenkampf verwickelt und bemerkten um sich herum überhaupt nichts mehr.

Während ich das Pärchen im Land Rover und den Geist im Auge behielt, der gerade komplett ausrastete, mit den Fäusten auf die Motorhaube schlug und gegen die Reifen trat, oder es zumindest versuchte, tastete ich in meiner Tasche herum und suchte nach meinem Handy, ohne hinzusehen. Schließlich erwischte ich es und rief Galloway an.

„Zwei Dinge", sagte ich, als er sich meldete.

Er lachte. „Dir auch ein fröhliches Hallo."

„Okay. Sorry. Hi!", fügte ich strahlend hinzu. „Also, zwei Dinge …"

„Schieß los."

„Jay Byrne ist ein Drogendealer. Ich habe gerade gesehen, wie er auf dem Parkplatz vom Moustache Craft Ales mit jemandem in einem roten Kombi ein Geschäft gemacht hat."

„Bist du dir sicher, dass es Drogen waren?"

„Ziemlich. Ich sah, wie Jay eine Tüte überreichte und dann Bargeld in seine Tasche steckte. Wenn es keine Drogen sind, dann mit Sicherheit etwas anderes Illegales."

Es herrschte Stille, dann hörte ich das Klackern der Computertastatur. „Gute Arbeit." Galloway wandte seine Aufmerksamkeit wieder mir zu. „Ich werde dem nachgehen. Es könnte eine Verbindung zwischen Jay und Arlie geben. Vielleicht war Jay ein Insider, der ein Auge auf Dean werfen sollte. Was noch? Du sagtest, es gäbe zwei Dinge?"

„Eric Sullivan und Leah Dunn haben eine Affäre." Ich warf einen Blick auf das sich umarmende Paar auf der anderen Straßenseite. „Zumindest glaube ich das."

„Du glaubst das?"

Ich erzählte Galloway von dem Pärchen, das sich in Erics Auto küsste. „Aber vielleicht ist das ja auch ihr erster Kuss. Ihr erstes Treffen. Vielleicht haben sie ihre Gefühle die ganze Zeit wegen Dean verleugnet, aber jetzt, wo er tot ist, denken sie, dass sie nichts mehr zu verlieren haben. Unwahrscheinlich, aber eine Möglichkeit, denke ich", fügte ich hastig hinzu.

Wir verfielen in Schweigen, während jeder seinen eigenen Gedanken nachhing, bevor mir ein weiterer Gedanke kam. „Nur so aus Interesse, hast du schon Deans Autopsiebericht?"

„Noch nicht. Warum?"

„Ich dachte, das würde unsere Verdächtigen einschränken, meinst du nicht? Er wird uns zum Beispiel verraten, ob der Mörder Links- oder Rechtshänder war, wie groß er war und so weiter."

„Er wird sicherlich bei der Festlegung dieser Aspekte helfen. Ich werde dir mitteilen, was ich kann."

Galloway und ich hatten eine Abmachung. Er teilte mir die polizeilichen Informationen mit, zu denen er rechtlich in der Lage war, während ich ihm alles erzählte, was ich bei meinen eigenen Ermittlungen entdeckte. Galloway wurde durch Dinge wie Durchsuchungsbeschlüsse und hinreichenden Verdacht behindert, während ich ohne solche Einschränkungen auf Telefon- und Finanzdaten zugreifen konnte. Natürlich war nichts von dem, was ich zur Verfügung stellte, vor Gericht zulässig, denn Hacken war dort verpönt. Dasselbe galt für Einbruchdiebstahl. Vermutlich bewegten wir beide uns auf einem sehr schmalen ethischen Grat.

„Was hast du jetzt vor?", fragte Galloway.

„Ich werde nach Hause fahren und mehr über Leah und Eric herausfinden. Finanzen, Telefondaten und solche Sachen. Und du?"

„Ich werde Jay noch einmal befragen. Arlie mag Dean nicht getötet haben, aber das heißt nicht, dass nicht einer seiner Männer die Sache selbst in die Hand genommen hat."

„Sehen wir uns heute Abend?"

„Darauf kannst du wetten."

KAPITEL 8

❦

Ich war verunsichert. Es kam nicht oft vor, dass ich verunsichert war, und ehrlich gesagt, gefiel es mir nicht. Ich schob es auf den Koffeinmangel. „Hast du gerade ... gepinkelt? Auf den Fußboden?"

Laura hielt sich den dicken Bauch und schaute erstaunt auf ihre feuchten Füße, bevor sie den Blick hob und mich ungläubig anstarrte. „Ich glaube, meine Fruchtblase ist gerade geplatzt", meinte sie tonlos.

Ich sah von ihr zur Pfütze auf dem Boden und wieder zurück. Sie hatte mich vorhin angerufen und gebeten, einen neuen Mopp vorbeizubringen, da sie im Putzfieber war und der Stab ihres alten Mopps durchgebrochen war. Da ich für die Arbeit an Deans

Fall nicht bezahlt wurde, beschloss ich, dass ich mir eine kleine Auszeit nehmen könnte, um meiner Schwester zu helfen. Ich hatte nicht erwartet, dass sie auf den Boden pinkeln würde, sobald ich hereinkam.

„Du weißt es nicht?", wollte ich wissen.

„Das ist bei Isabelle nicht passiert. Die Ärzte haben die Fruchtblase im Krankenhaus zum Platzen gebracht."

„Okay." Ich nickte. „Und … was jetzt?" Ich hatte keinerlei Erfahrung mit geplatzten Fruchtblasen und was das bedeutete.

„Lass uns meine Hebamme anrufen."

„Soll ich Brad anrufen?" Ich fühlte mich in Anbetracht ihrer bevorstehenden Wehen nutzlos. Obwohl ich die Flüssigkeitspfütze vermutlich wegwischen könnte, auch wenn mich der bloße Gedanke daran zum Würgen brachte.

„Ich mache das. Sobald ich weiß, was los ist." Sie wollte einen Schritt machen, blieb dann aber stehen, eine Hand auf dem Bauch, die andere auf dem Rücken. „Könntest du mir mein Telefon bringen? Ich will nicht den ganzen Boden volltropfen."

Zu spät. „Natürlich."

Sie zeigte auf den Küchentisch.

Ich holte ihr Telefon und zog mir dann die

Gummihandschuhe an, die ich im Waschbecken gefunden hatte, und schnappte mir eine Rolle Papierhandtücher.

Während ich aufwischte, hörte ich Lauras Gespräch halb mit. Eine Menge Ja, Nein, Ach so, okay. Ich hatte keine Ahnung, was der Plan war.

„Aaaaaaaaah!"

Ihr Schrei erschreckte mich so sehr, dass ich nach hinten fiel und mit dem Kopf gegen einen Sessel knallte. „Aua!", beschwerte ich mich, rieb mir die schmerzende Stelle und schaute meine Schwester an, die sich zusammengerollt hatte und schnaufend und keuchend dalag. „Was ist los mit dir?" Ich weiß, ich weiß, das war eine dumme Frage und ich bereute sie schon, kaum dass ich sie ausgesprochen hatte.

„Wehen." Sie keuchte. „Ich muss ins Krankenhaus."

„Jetzt? Aber es hat gerade erst angefangen. Dauert das nicht … ein paar Tage oder so?"

Die Wehe war offenbar vorbei, denn Laura richtete sich langsam auf und lächelte über meine Naivität. „Ich soll ins Krankenhaus fahren, weil meine Fruchtblase geplatzt ist. Mach dir keine Sorgen. Das Baby braucht noch ein paar Stunden, aber hoffentlich keine Tage. Wirf mir bitte ein paar Papiertücher zu, ja?"

Ich riss pflichtbewusst ein halbes Dutzend Blätter ab und warf sie ihr zu. Sie stopfte sie in die Hose, ein Anblick, den ich nie wieder erleben wollte, und watschelte davon, wobei sie über die Schulter rief: „Ich gehe duschen und mache mich frisch. Kannst du Brad anrufen? Sag ihm, er soll nach Hause kommen und mich ins Krankenhaus bringen. Oh, und kannst du auch Mom anrufen? Sie muss Isabelle heute Nachmittag von der Kita abholen." Sie klang so ruhig, während ich nervös war und mich die Angst überkam.

„Bin schon dabei." Ich wischte die Pfütze auf, warf die durchnässten Tücher weg und rief dann Brad an. Es meldete sich nur die Mailbox. „Kumpel. Babyalarm. Ruf zu Hause an." Dann rief ich Mom an.

„Schatz, haben sie herausgefunden, wer den armen Mann in deinem Vorgarten getötet hat?", meldete Mom sich.

„Noch nicht."

„Ich hoffe, du bleibst bei Kade, bis das alles vorbei ist. Zu Hause ist es im Moment nicht sicher für dich."

Der Gedanke war mir gar nicht gekommen. „Ähm. Das bin ich nicht, aber mir geht es trotzdem gut. Ich bin in Sicherheit, Mom. Ich schließe meine Türen immer ab und Galloway hat vor einiger Zeit die Alarmanlage installiert, schon vergessen? Wie auch immer, Dean Ward wurde in meinem Vorgarten getötet, nicht in meinem Haus." Dieser feine Unterschied war nicht gerade beruhigend, aber ich wies sie trotzdem darauf hin.

Ein langes, herzzerreißendes Wimmern ertönte von der oberen Etage.

„Was war das?", fragte Mom scharf.

„Das war Laura. Sie hat Wehen."

„Bei dir zu Hause?", fragte Mom hörbar verwirrt.

„Nein, ich bin bei ihr zu Hause. Sie rief an und fragte, ob ich ihr einen neuen Mopp besorgen könnte. Und das zur rechten Zeit, wenn man bedenkt, dass ihre Fruchtblase gerade geplatzt ist und sich auf dem ganzen Boden verteilt hat!"

„Oh mein Gott!"

„Du sagst es." Ein weiteres Gebrüll erreichte meine Ohren. Ich hatte keine Ahnung, dass meine Schwester ein solches Organ hatte. „Hör mal, Mom, ich sehe besser mal nach ihr. Ich rufe nur an, weil ich fragen wollte, ob du Isabelle heute Nachmittag von der Kindertagesstätte abholen könntest. Offensichtlich werden Laura und Brad anderweitig beschäftigt sein."

„Natürlich. Und jetzt los. Und sag Laura, dass ich sie liebe."

Wir legten auf und ich eilte nach oben ins Bad. Die Dusche lief, Dampf stieg in den Flur, während Laura mit zurückgelegtem Kopf unter der Brause stand und ihren Schmerzen lautstark Ausdruck verlieh, während die Wehen ihren Körper zerdrückten.

„Ist das normal?", fragte ich besorgt und griff nach einem Handtuch, um ihr aus der Dusche zu helfen.

„Was? Wehen?" Sie stöhnte und erlaubte mir, das Handtuch um sie zu wickeln, wobei wir beide es vorzogen, die Tatsache zu ignorieren, dass sie völlig nackt war.

„Nein, eher … die Intensität deiner Wehen? Deine Fruchtblase ist vor fünf Minuten geplatzt und jetzt heulst du wie am Spieß. Und wenn jeder Schrei eine Wehe darstellt … Laura? Sie liegen furchtbar dicht beieinander. Soll ich einen Krankenwagen rufen?"

„Sei nicht albern. Das dauert noch Stunden. Hast du Brad erreicht?"

„Ich habe eine Nachricht auf seiner Mailbox hinterlassen, aber ich versuche es gleich noch einmal mit deinem Handy. Wenn er sieht, dass du anrufst, geht er bestimmt dran."

Laura versteifte sich, griff nach mir und krallte die Finger in meine Schultern, bis ich sicher war, dass sie die Haut durchbohrt hatte. Ich fühlte mich machtlos, während ich sie so leiden sah und keine Ahnung hatte, was ich tun sollte. Aus unzähligen Fernsehsendungen und Filmen wusste ich jedoch, dass sie atmen sollte, und Lauras rotem Gesicht nach zu urteilen, hielt sie gerade die Luft an.

„Atme tief ein und aus", forderte ich sie auf, indem ich einen Atemzug durch die Nase ein- und dann durch den Mund wieder ausatmete, als müsste ich ihr zeigen, wie man atmete, falls sie es vergessen haben sollte. Sie machte es mir nach und langsam lockerte sich ihr tödlicher Griff um meine Schultern.

„Ist es vorbei?", fragte ich und biss mir auf die Lippe. Es verging kaum eine Minute zwischen den Wehen. War das normal? Ich hatte keine Ahnung, aber mein sechster Sinn meldete sich mehr als dezent. In meinem Kopf läuteten die Alarmglocken.

„Ja. Du hast recht. Sie kommen sehr schnell. Ich ziehe mich an und dann machen wir uns auf den Weg. Du kannst mich fahren. Brad wird uns im Krankenhaus treffen müssen. In meinem Kleiderschrank steht meine Krankenhaustasche. Hol sie und bring sie in dein Auto. Dann komm zurück und hilf mir die Treppe hinunter. Das Letzte, was ich brauchen kann, ist ein Sturz mitten in der Wehe."

Wir waren auf halbem Weg zum Krankenhaus, als ich einen roten Kombi hinter mir entdeckte. War es derselbe, den ich zuvor bei Moustache Craft Ales gesehen hatte? Ich konnte mir nicht hundertprozentig sicher sein, da Lauras Schreie und meine Unfähigkeit, Brad zu erreichen, meine Konzentration stark beeinträchtigten. Ganz zu schweigen davon, dass ich einhändig fahren musste, da Laura meine andere Hand so fest umklammert hielt, dass sie mir die Knochen zu brechen drohte.

Ich hielt mit quietschenden Reifen vor der Notaufnahme und wollte aus dem Wagen springen, um Hilfe zu holen, aber Laura ließ meine Hand nicht los. Ich hätte mir fast die Schulter ausgekugelt, als ich auf sie fiel.

„Aua", wimmerte ich, wohl wissend, dass mein Schmerz nichts im Vergleich zu ihrem war. „Laura, Schatz? Lass bitte meine Hand los, damit ich Hilfe holen kann. Wir sind im Krankenhaus. Es wird alles gut, okay?"

Sie nickte, ihr Gesicht war gerötet und schweißgebadet, während sie sich schnaufend und keuchend durch eine weitere Wehe kämpfte. In dem Moment, in dem sie meine Hand losließ, rannte ich hinein und rief: „Hilfe! Wir brauchen hier draußen Hilfe. Das Baby kommt jeden Moment."

Zwei Krankenschwestern eilten an mir vorbei, eine weitere folgte mit einem Rollstuhl.

„Audrey!", hörte ich Laura schreien und rannte schnell zu ihr zurück.

„Ist schon gut. Ich bin hier." Ich übergab die Schlüssel an eine der Krankenschwestern. „Könnte jemand mein Auto wegfahren? Ich glaube nicht, dass sie mich von ihrer Seite weichen lässt und ich habe ihren Mann nicht erreichen können."

Die nächste Stunde verging wie im Flug. Laura wurde in den Kreißsaal gefahren und ich war, ob ich wollte oder nicht, ihre unvorbereitete Geburtspartnerin. Ich nahm ihr Telefon und rief Brad an, während die Krankenschwestern Laura beruhigten und ihre Vitalwerte kontrollierten. Wieder meldete sich nur die Mailbox. „Brad, wir sind im Krankenhaus, und euer Kind ist fest entschlossen, schnell auf die Welt zu kommen. Du musst herkommen. Jetzt!"

Nachdem ich aufgelegt hatte, kaute ich wieder auf meiner Lippe herum und fragte mich, was ihn wohl aufhielt. Da er vielleicht in einer Besprechung war und sein Telefon nicht bei sich hatte, rief ich in seinem Büro an und hinterließ eine Nachricht bei der Rezeptionistin, die sich nach meinem verzweifelten Anruf sofort auf den Weg machte, um ihn persönlich zu suchen. Ich war zuversichtlich, dass er pünktlich zur Geburt seines Kindes eintreffen würde.

Doch ich irrte mich. Lauras Wehen waren die intensivste Erfahrung in meinem Leben. Nachdem ich das aus erster Hand erfahren hatte, war ich mir nicht sicher, ob ich jemals Kinder haben wollte. Ihre Schreie waren herzzerreißend. Ich hatte meine Schwester noch nie so lautstark gehört – und meine Trommelfelle auch nicht –, aber angesichts ihres Schmerzes fühlte ich mich völlig hilflos und nutzlos. Sie rang nach Luft, als ob ihr Leben davon abhinge, und bettelte um eine Epiduralanästhesie, aber die Hebamme sagte, es sei zu spät, das Baby sei fast da, und dann, mit einem letzten kräftigen Stoß, kam das Baby. Es gab viel Flüssigkeit und Blut und das Ganze sah aus wie ein Tatort.

Im Kreißsaal herrschte drei Sekunden lang gespenstische Stille, bevor sie durch einen kleinen Schrei durchbrochen wurde. Baby Nicholson war angekommen.

„Herzlichen Glückwunsch, es ist ein Mädchen!" Die Hebamme strahlte und legte einen kleinen, sich windenden Körper auf Lauras Brust, der bedeckt war mit … etwas, das ich nicht identifizieren konnte.

„Du hast es geschafft!" Ich strahlte und meine Augen füllten sich auf unerklärliche Weise mit Tränen. Ich war die ganze Zeit an Lauras Seite geblieben, weil ich nicht in die Nähe des Orts des Geschehens gehen und versehentlich einen Blick auf die intimste Stelle meiner Schwester erhaschen wollte. Ich liebte sie von ganzem Herzen, aber es gab Grenzen.

Laura kuschelte sich an ihr Neugeborenes und lächelte mich an und in ihrem Gesicht war alles auf einmal zu sehen. Die Liebe, die völlige Hingabe zu diesem kleinen Menschen, den sie geschaffen hatte. „Danke, dass du geblieben bist."

„Gern geschehen, aber ich glaube nicht, dass ich eine Wahl hatte. Dein Griff war unglaublich. Hast du in letzter Zeit Krafttraining gemacht?"

Bei dieser Vorstellung mussten wir beide lachen. „Ich frage mich, wo mein Ehemann ist." Laura warf einen Blick zur Tür, als erwarte sie, dass Brad hereinstürmte. Er tat es nicht.

„Ich habe ihn von meinem und deinem Telefon aus angerufen. Und ich habe sein Büro angerufen. Die Rezeptionistin sucht nach ihm. Er kann nicht weit sein."

„Er wird so wütend sein, dass er die Geburt verpasst hat."

„Baby Nicholson hatte es wirklich eilig, auf die Welt zu kommen. Ich hatte schon Angst, du würdest sie auf meinem Vordersitz bekommen."

„Kannst du dir das vorstellen?" Laura schnaubte.

„Den Fleck? Ja, ja, kann ich."

Laura gluckste und schlug mir spielerisch auf den Arm. „Trotzdem danke. Im Ernst."

Ich beugte mich hinunter und umarmte sie und das Baby. „Nochmals herzlichen Glückwunsch. Sie ist absolut perfekt. Habt ihr schon einen Namen für sie?"

Laura legte den Kopf zurück und lächelte müde. „Haben wir, aber ich warte, bis Brad kommt."

„In Ordnung."

Brad kam zehn Minuten später an, die Krawatte locker, die obersten Knöpfe seines Hemdes offen. Ja, der besorgte Blick eines werdenden Vaters. Ich wollte mich gerade davonschleichen, um der neuen Familie etwas Zeit für sich zu geben, als Laura mich aufhielt.

Sie strahlte, einen Arm um ihr Baby gelegt und die andere Hand in die ihres Mannes gekrallt. „Audrey? Wir möchten dir deine Nichte Grace Elizabeth vorstellen."

Ich streichelte Grace sanft mit dem Fingerrücken über die Wange. „Willkommen in der Welt, Grace Elizabeth. Ich bin deine Tante Audrey. Du wirst bald merken, dass ich in dieser Familie der Spaßvogel bin", fügte ich flüsternd hinzu. Laura kicherte, Brad grinste breit.

„Okay, Leute, ich lasse euch jetzt mal allein, damit ihr eure Tochter kennenlernen könnt. Ich schaue aber später noch einmal vorbei."

Brad zog mich in eine Umarmung und drückte mich so fest an seine Seite, dass ich kaum Luft bekam. „Danke, dass du dich um sie gekümmert hast."

„Jederzeit", keuchte ich, ohne es zu meinen. Eine Geburt schien entsetzlich schmerzhaft und eine hundertprozentig chaotische Angelegenheit zu sein. Nachdem ich miterlebt hatte, wie Grace auf die Welt gekommen war, sank meine Sehnsucht nach eigenen Kindern beträchtlich. Zusammen mit meiner Sorge, dass meine Ungeschicklichkeit ein Kind gefährden würde, falls ich jemals eines haben sollte, kam mir allmählich der Gedanke, dass es in meiner Zukunft keine eigenen Babys gab.

Ich dachte über diesen beunruhigenden Gedanken nach, als ich ging. Der Sicherheitsdienst hatte sich um mein Auto gekümmert, und als ich in die Notaufnahme zurückkehrte, war er so freundlich gewesen, es für mich zu holen, wie ein Parkwächter. Doch jetzt war es an der Zeit, den Mörder von Dean Ward ausfindig zu machen. Über Babys – oder deren Nichtvorhandensein – würde ich mir später Gedanken machen.

KAPITEL 9

❦

Meine Hintergrundrecherchen zu Eric Sullivan und Leah Dunn hatten nichts Brauchbares ergeben. Kein plötzlicher Geldeingang, keine plötzlichen hohen Ausgaben. Keine Anrufe der gebührenpflichtigen Nummer, die ich in Deans Telefonliste gefunden hatte. Aber was ich hatte, waren zahlreiche Textnachrichten zwischen Leah und Eric, die drei Monate zurücklagen. Ich konnte zwar sehen, dass sie sich Nachrichten geschickt hatten, aber ich konnte nicht sehen, was darin stand. Ich konnte nur vermuten, dass sie sich heimlich verabredet hatten, aber es gab nur einen Weg, um sicher zu sein. Sie fragen.

„Kommst du?", fragte ich Ben, der mir den ganzen Nachmittag über die Schulter geschaut hatte.

„Natürlich. Vielleicht kann ich meine Geisterkraft einsetzen und die Nachrichten auf Erics Handy lesen."

„Woher weißt du, dass ich zuerst zu Eric gehe? Vielleicht gehe ich ja zu Leah."

„Weil du Leah nicht magst. Sie ist dein letzter Ausweg. Deshalb ergibt es Sinn, dass du zuerst zu Eric gehst, und ich bin zuversichtlich, dass wir beide zusammen die Wahrheit herausfinden können."

Ich rümpfte die Nase. Er hatte natürlich recht. Ich mochte Leah nicht und ich war auch nicht scharf darauf, sie aufzusuchen. Jedenfalls noch nicht. Nicht, bevor ich alle Antworten hatte.

„Hast du Dean irgendwo gesehen?", fragte ich, während ich meine Sachen zusammenpackte.

„Nein. Und das will ich auch nicht."

„Was ist das mit euch beiden?"

Ben zuckte mit den Schultern. „Du hast ihn doch gehört. Er war einer derjenigen, die behaupteten, ich wäre korrupt, als ich die Polizei verließ. Und das hat er sogar ziemlich lautstark kundgetan. Wahrscheinlich, weil ich ihn einmal verhaftet hatte."

„Dean ist vorbestraft?" Warum hatte das bisher noch niemand erwähnt? Das könnte alles ändern.

„Er hat eine Nacht in der Ausnüchterungszelle verbracht. Er war betrunken gewesen und hatte sich ordnungswidrig verhalten. Es gab keine Verurteilung, also auch keine Vorstrafe", erklärte Ben.

„Verdammt."

„Genau mein Gedanke." Ben folgte mir zum Auto und saß bereits auf dem Beifahrersitz, als ich die Fahrertür öffnete. Es war mir immer noch unheimlich, ihn durch feste Gegenstände laufen zu sehen, aber ich musste zugeben, dass es eine ziemlich coole Fähigkeit war. Der Nachteil war, dass er nichts anfassen konnte, zumindest nicht physisch.

Als ich ein paar Minuten später auf den Parkplatz der Firefly Bay Brewing Company einbog, sah ich zu meiner Überraschung einen vertrauten roten Kombi. „Siehst du das Auto?" Ich zeigte in seine Richtung.

„Ja. Was ist damit?", fragte Ben.

„Ich muss wissen, wem es gehört. Kannst du mal nachsehen, ob irgendetwas darin ist, was helfen könnte, den Besitzer zu identifizieren?"

„Bin schon dabei."

Ich ließ Ben den Kombi durchsuchen, während ich mich auf den Weg in den Pub machte. Es war später Nachmittag, also die Zeit zwischen Mittag- und Abendessen, weshalb nur wenige Gäste anwesend waren.

„Was kann ich Ihnen bringen?" Die Barkeeperin, eine blonde Frau Mitte vierzig mit einer pinkfarbenen Strähne im Haar, hielt im Abwischen der Theke inne.

„Ich muss mit dem Chef sprechen. Eric."

Sie trocknete sich die Hände an einem Handtuch ab und ging wortlos weg. Vermutlich, um Eric mitzuteilen, dass ich hier war, aber wer weiß, vielleicht war sie auch verärgert, weil ich nichts bestellt hatte.

„Miss Fitzgerald, was kann ich für Sie tun?" Keine Minute später kam Eric mit einem einladenden Lächeln auf mich zu, aber mir entging der Hauch von Misstrauen in seinen Augen nicht.

„Bitte, nennen Sie mich Audrey." Ich schenkte ihm ebenfalls ein Lächeln, wohl wissend, dass es nicht bis zu meinen Augen reichte, aber das war mir völlig egal. „Können wir irgendwo reden?"

„Das können wir auch hier."

Ich hob eine Augenbraue. Nun, zumindest versuchte ich es. Tatsächlich schossen aber beide nach oben. „Sind Sie sicher?"

„Es gibt nichts, was Sie mir sagen könnten, was nicht auch hier gesagt werden kann." Er nahm Haltung an und ich musste fast lachen.

„Okay, von mir aus. Wie lange haben Sie schon eine Affäre mit Leah Dunn?"

Die Barkeeperin hielt beim Abtrocknen eines Glases inne, um unverhohlen zuzuhören.

„Und leugnen ist sinnlos. Ich habe Sie beide selbst gesehen, wie sie auf dem Parkplatz von Moustache Craft Ales geknutscht haben."

Eric wurde rot und warf einen Blick auf die Barkeeperin, die sich schnell wieder daran machte, ihr bereits trockenes Glas zu trocknen. „Das sollten wir in meinem Büro besprechen", brummte er.

„Hey", warf ich die Hände in die Luft und folgte ihm, „darum hatte ich Sie gebeten, aber Sie wollten ja unbedingt an der Bar reden."

„Schon gut, schon gut, ich habe Sie verstanden."

Sein Büro war winzig und beengt. Es gab einen Schreibtisch an der Wand, einen Stuhl und zwei Aktenschränke. Er lehnte sich gegen seinen Schreibtisch und nickte in Richtung Tür.

„Schließen Sie sie bitte, ja?"

„Also ist es Ihnen doch wichtig, dass niemand mithört?" Ich schloss die Tür. Ich konnte mich nirgends hinsetzen, also lehnte ich mich mit dem Rücken gegen die Tür und tat mein Bestes, um nicht unbeholfen zu wirken. Gott sei Dank war ich nicht klaustrophobisch, denn das Büro hatte kein Fenster und bei geschlossener Tür konnte ich praktisch spüren, wie die Wände näher kamen. Vielleicht war ich doch ein wenig klaustrophobisch.

Eric antwortete nicht, sondern verschränkte nur die Arme vor der Brust und fragte: „Was wollen Sie?"

„Ich will wissen, wie lange Leah und Sie schon eine Affäre haben. Und wo Sie in der Nacht waren, in der Dean starb."

„Sie glauben, ich hätte ihn getötet? Das ist lächerlich!", schimpfte er.

„Beantworten Sie einfach die Fragen."

„Okay, gut! Etwas mehr als drei Monate. Leah und ich sind seit etwas mehr als drei Monaten zusammen und ich kann Dean nicht getötet haben, weil ich in dieser Nacht bei ihr war. Oder besser gesagt, sie war bei mir."

„Wo?"

„In meinem Haus."

„Kann das irgendjemand bestätigen? Hat sie jemand gesehen?"

„Der Grundgedanke, eine Beziehung geheim zu halten, besteht darin, dass man von niemandem gesehen wird."

Gutes Argument. „Was ist mit Ihrer Tochter? Wohnt sie bei Ihnen?"

„Das tut sie, aber wir passen auf, dass Leah und

sie sich nicht über den Weg laufen. Megan ist zwanzig. Sie ist sowieso die meiste Zeit unterwegs, und wenn sie nach Hause kommt, ist es meist schon früher Morgen. Leah schläft nie bei uns. Bis dahin ist sie längst wieder weg."

„Es muss aber sehr anstrengend sein, zu hoffen, dass sich die beiden beim Kommen und Gehen nicht über den Weg laufen."

„Wir sind vorsichtig."

„Aber heute nicht. Sie haben sich mitten am Tag in aller Öffentlichkeit heftig umarmt."

„Wir saßen in meinem Auto", protestierte Eric. „Es war niemand da."

„Ich war da."

„Ich glaube kaum, dass eine Privatdetektivin, die uns erwischt, zählt. Zweifellos hatten Sie Überwachungsgeräte."

Verdammt. Erwischt.

Er verschränkte die Arme, stemmte sie in die Hüften und starrte mich an. „Ich leugne nicht, dass ich in Leah verliebt bin. Das bin ich, seit ich sie zum ersten Mal gesehen habe. Ja, ich war verletzt und wütend, als Dean sie mir ausgespannt hat. Ja, es hat sowohl unsere Freundschaft als auch unsere geschäftliche Vereinbarung ruiniert, aber ich bereue das nicht. Ich bin gut ohne ihn zurechtgekommen.

Leah und er waren nicht verheiratet. Er hatte ihr sogar gesagt, dass er nicht die Absicht hatte, jemals zu heiraten oder Kinder zu bekommen."

„Und das ist etwas, das Leah wollte?", fragte ich.

„Tut das nicht jede Frau?"

Keine Ahnung. Tun sie das? Ich hatte das auch gewollt, aber nach dem heutigen Tag hatte ich allmählich meine Bedenken. Doch da das nichts mit Eric zu tun hatte, hielt ich den Mund.

„Wie hat die Affäre angefangen?", fragte ich stattdessen.

„Leah bat mich um Rat bezüglich ihrer Bewerbung für den ‚Craft Ale of the Year'-Preis."

Ich schnaubte. „Wie bitte? Und Sie haben ihr geholfen?"

Er schüttelte den Kopf. „Natürlich nicht. Warum sollte ich? Ich wollte diesen Preis selbst gewinnen."

„Und das haben Sie auch."

„Ja. Aber wir kamen ins Gespräch und es klingt wie ein Klischee, aber eins führte zum anderen."

„Und welche Pläne hatten Sie? Wie haben Sie sich das vorgestellt? Wollte sie Dean verlassen? Schließlich haben Sie gerade gesagt, dass er nicht die Absicht hatte, sie zu heiraten oder Kinder zu bekommen. Ich nehme an, im Gegensatz zu Ihnen."

„Sie hat auf den richtigen Zeitpunkt gewartet. Sie machte sich Sorgen um ihn. Sie meinte, er sei nicht mehr er selbst. Sie dachte, er könnte depressiv werden und eine Dummheit begehen, wenn sie ihn verlässt."

„Kam ihr vielleicht der Gedanke, dass er nicht ganz er selbst und depressiv war, weil er von der Affäre wusste?" Ich wusste natürlich, dass das nicht der Fall gewesen war. Dean war wütend gewesen, als er sie heute erwischt hatte. Er war völlig überrascht gewesen und hatte nicht gewusst, dass Leah ihn betrog. Doch das bedeutete nicht, dass er keinen Verdacht gehegt hatte. Vielleicht war das der Grund, warum er mich engagieren wollte?

Eric schwieg einen Moment, dann platzte es aus ihm heraus: „Das war geschäftlich bedingt. Sie wird sauer sein, wenn ich es Ihnen sage, aber was soll's, früher oder später wird es sowieso herauskommen. Moustache Craft Ales befand sich in ernsten finanziellen Schwierigkeiten und stand kurz vor dem Konkurs."

„Ich weiß. Ich bin Privatdetektivin, schon vergessen?"

Eric lachte laut auf. „Natürlich."

„Sie wollte also warten, bis er sein Geschäft verloren hat, und ihn dann verlassen?" So viel zum

Thema, man tritt niemanden, der bereits am Boden liegt.

„Nein. Sie wollte ihm beistehen. Sie wollte warten, bis er wieder auf den Beinen war."

Ich blinzelte. „Das hätte verdammt lange dauern können. Von einem Konkurs erholt man sich nicht so schnell."

Eric zuckte mit den Schultern. Dachte er auch, dass Leah sich möglicherweise jahrelang an Dean gebunden hätte, bevor sie ihn schließlich verlassen hätte? Vielleicht hatte Eric beschlossen, dass der schnellste Weg, Dean loszuwerden, darin bestand, ihn zu töten. Dann konnte er Leah ganz für sich allein haben.

Ich wechselte das Thema und fragte: „Leah war also in der Nacht, in der Dean starb, bei Ihnen. Um wie viel Uhr ist sie gegangen?"

„Ich war noch im Halbschlaf, aber gegen ein Uhr nachts hörte ich die Treppe knarren und dachte, sie würde gehen."

Den genauen Todeszeitpunkt von Dean kannte ich nicht, aber ich wusste, dass er nach Mitternacht gestorben war. Ich würde Galloway fragen, ob Leahs Alibi stimmte. Ich griff hinter mich und drehte den Türgriff. „Vielen Dank für Ihre Zeit."

Eric antwortete nicht, aber ich spürte, wie sich sein Blick in meinen Rücken bohrte, als ich ging.

Bevor ich den Pub verließ, hielt ich inne und musterte die Anwesenden. Jemandem hier gehörte der rote Kombi. Ein Ehepaar in den Fünfzigern, drei Männer in reflektierenden Hemden und Bauarbeiterkluft, die ein frühes Mittagessen einnahmen, zwei Männer, die wie Mittzwanziger aussahen und Billard spielten, sowie eine Gruppe von acht Frauen, die lautstark die Eröffnung eines *Buchclubs* verkündeten. Ich konzentrierte mich auf sie und schlich mich näher, um zu lauschen. Sie waren von der Sorte Mütter, die nicht über Bücher, sondern über ihre Kinder und Ehemänner sprachen. Hatte eine von ihnen Pillen geschluckt, um den Tag zu überstehen?

Aber keine von ihnen sah so aus, als würde sie den roten Kombi fahren. Es war ein älteres Auto, ein wenig abgenutzt, ein wenig verblasst. Und es gab keinen Kindersitz auf der Rückbank.

Ben war noch nicht aufgetaucht, also ging ich auf den Parkplatz, wo er immer noch das Auto durchwühlte.

„Und, wie läuft's?", fragte ich, während ich neben dem Auto stand und in mein Handy sprach, als würde ich einen Anruf entgegennehmen.

„Dieses Auto ist eine Müllhalde auf vier Rädern", beschwerte er sich und klopfte sich mit den Händen auf die Oberschenkel. Ich warf einen kurzen Blick hinein. Er hatte recht. Der Boden im hinteren Bereich war mit Burger-Papier und Bechern zum Mitnehmen übersät.

„Ich bezweifle, dass dieses Auto einer Mutter gehört", meinte ich seufzend.

„Einer Mutter? Nein, das ist ein Auto eines jungen Menschen. Weiblich."

„Weiblich?"

„Ja, Make-up überall auf dem Beifahrersitz, als ob sie sich beim Fahren schminken würde. Wie ist es mit Eric gelaufen?"

„Er hat die Affäre zugegeben. Er meinte, Leah sei in der Mordnacht bei ihm gewesen und er habe sie gegen ein Uhr nachts gehen hören."

„Und Dean erinnert sich nur daran, dass es nach Mitternacht war, als er zu dir kam."

„Sie sagte Eric, sie wolle Dean verlassen, aber warten, bis er seine finanzielle Krise überwunden habe. Sie meinte, er wirke depressiv, und sie hätte Angst, dass er etwas Dummes tun würde."

„Was denn? Sich vielleicht umbringen? Dean Ward war der letzte Mensch, den ich als selbstmordgefährdet bezeichnet hätte."

„Er stand kurz vor dem Bankrott", sagte ich. „Das kann demütigend sein."

Ben zuckte mit den Schultern. „Er ist nicht der Erste und wird nicht der Letzte sein. Tatsächlich …" Er hielt gedankenverloren inne, bevor er lautlos mit den Fingern schnippte. „Tatsächlich könnte das ein genialer Schachzug sein."

„Genial? Inwiefern?"

„Er steckt bis zum Hals in dubiosen Geschäften mit Arlie Roberts, richtig? Er sagte, er wolle aussteigen, aber Arlie habe ihn in der Hand. Was gäbe es Besseres, als Konkurs anzumelden, um sich dieses Problem vom Hals zu schaffen?"

„Aber er hätte das Moustache Craft Ales verloren. Das Geschäft, das er verzweifelt zu schützen versuchte." Das schien mir keine erfolgreiche Strategie zu sein. Sicher, damit wäre er aus dem Deal mit Arlie Roberts herausgekommen, weil es dann keinen Pub mehr gegeben hätte. Aber wie gesagt, es hätte dann auch keinen Pub mehr gegeben.

„Er wollte seine Ausschanklizenz schützen", sagte Ben. „Wir müssen uns das zwar noch genauer ansehen, aber ich vermute, dass diese Lizenz an seinen Namen gebunden ist, nicht an das Unternehmen selbst."

„Was bedeutet das?"

„Das bedeutet, dass die Lizenz im Falle eines Konkurs von Moustache Craft Ales nicht als Vermögenswert angesehen werden konnte."

„Sie konnte also nicht zusammen mit dem Unternehmen verkauft werden, um die Verluste auszugleichen und die Gläubiger zu bezahlen." Ich nickte. Jetzt ergab alles Sinn.

„Genau. Aber ich könnte mich irren. Wir müssen herausfinden, wem die Lizenz gehört, wem das Unternehmen gehört und wer im Falle eines Konkurses haftet."

„Na, dann los." Ich machte mich auf den Weg zu meinem eigenen Auto, doch Ben kam mir zuvor.

„Was ist mit dem Kombi?" Er zeigte mit dem Daumen in Richtung des roten Autos.

„Oh, Mist. Ich sollte ein Foto vom Kennzeichen machen. Warte kurz." Ich sprang aus dem Auto, rannte in die Mitte des Parkplatzes und machte hastig ein Foto von der Rückseite der Heckklappe, einschließlich des Kennzeichens.

Zurück im Auto drehte sich Ben zu mir um. „Du weißt schon, dass es in Firefly Bay wahrscheinlich Dutzende rote Kombis gibt und dass du nicht mit Sicherheit sagen kannst, ob das der Wagen ist, den du vorhin gesehen hast."

„Du hast recht. Das weiß ich nicht. Es ist einfach ein Schuss ins Blaue."

„Also, was ist dein Plan? Ein Foto von jedem roten Wagen machen, den du siehst, und das Kennzeichen überprüfen?"

Meine Mundwinkel verzogen sich. „Ich weiß, das ist das Gießkannenprinzip, aber ich weiß auch, was ich gesehen habe. Und diese Person hat Drogen von Jay Byrne gekauft."

„Deine Bemühungen wären besser investiert, wenn du Nachforschungen über ihn anstellst. Einen Dealer von der Straße zu holen, hat Vorrang vor der Verfolgung eines Drogenkäufers."

Ich hielt einen Moment inne. Er hatte recht. Ich hatte mich so sehr darauf konzentriert, wer der Fahrer des roten Kombis war, während ich mich in Wirklichkeit auf Jay konzentrieren sollte. Wer war sein Lieferant? Woher bekam er die Drogen?

„Dir beim Denken zuzusehen, ist sowohl lustig als auch schmerzhaft", meinte Ben lachend. „Lass mich dir helfen. Zunächst einmal sollten wir uns darauf konzentrieren, wer Dean Ward getötet hat. Ich werde viel glücklicher sein, wenn sein Geist nicht mehr in der Nähe ist. Dann kümmere dich um Jay."

„Du hast recht. Die beiden Fälle könnten sogar

miteinander in Verbindung stehen. Zwei Fliegen mit einer Klappe." Kaum hatte ich diese Worte ausgesprochen, schwebten die drei Geister durch die vordere Wand des Pubs herein, die ich bei meinem letzten Besuch in der Firefly Bay Brewing Company gesehen hatte. Wie beim ersten Mal schwebten sie in der Luft, während dunkler Nebel um sie herum und unter ihnen waberte. Sie waren nahezu unförmig, aber ich konnte gerade noch die Silhouette eines Mannes erkennen. Nun, drei Männer.

„Kannst du sie sehen?", flüsterte ich Ben zu, während ich mich kaum bewegen oder atmen konnte. Die Luft war schwer und ein Gefühl des Grauens durchdrang meine Knochen. Ich mochte diese Geister nicht, ich mochte nicht, wie sie mich fühlen ließen.

„Heilige Sch...", keuchte er, die Augen so groß wie Untertassen. „Wer zum Teufel sind die?"

„Ich habe keine Ahnung. Ich habe sie schon einmal gesehen, als ich das letzte Mal hier war."

„Wirst du ... du weißt schon ... mit ihnen reden?"

Ich startete den Wagen und raste vom Parkplatz. „Nein", meinte ich zähneknirschend. Nennt mich einen Feigling, aber diese Geister machten mir Angst.

KAPITEL 10

*L*eah Dunn war nicht zu Hause, doch das war keine Überraschung. Schließlich war es die geschäftigste Zeit des Tages für einen Pub und ich nahm an, dass sie im Moustache Craft Ales war. Ich fragte mich, was mit dem Lokal geschehen würde, nachdem Dean nun tot war. Seine Schulden mussten schließlich immer noch abbezahlt werden. Leahs Bankkonto war nicht gerade üppig gefüllt, sodass sie sich den Kauf des Pubs auf keinen Fall leisten konnte. Würde Eric einspringen und ihn als Investition aufkaufen?

„Pass auf", wies ich Ben an, hockte mich vor Leahs Tür und schob einen Dietrich ins Schloss.

„Was macht ihr da?" Dean tauchte direkt vor mir auf und schwebte halb in der Tür.

135

„Aaah!" Ich fiel auf den Rücken, das Herz schlug mir bis zum Hals, der Dietrich fiel zu Boden.

„Oh. Das ist einer dieser Tu-das-nicht-Momente, richtig?", mutmaßte Dean. „Tut mir leid, wenn ich Sie erschreckt habe." Seine Worte hätten vielleicht besagen können, dass es ihm leidtat, aber sein Tonfall verriet etwas anderes. Ich ignorierte ihn, griff nach dem Dietrich und kniete mich wieder vor die Tür.

„Sie knacken das Schloss?" Dean stand mit vor der Brust verschränkten Armen neben mir. „Lassen Sie mich Ihnen unnötigen Ärger ersparen. Unter dem Blumentopf liegt ein Ersatzschlüssel."

Oh, verdammt. Ich ließ das Kinn auf die Brust sinken und holte tief Luft, um mich zu beruhigen. Warum hatte ich nicht gleich daran gedacht, nach einem Ersatzschlüssel zu suchen? Und warum war Dean so hilfreich?

„Danke", schnaubte ich und steckte den Dietrich wieder in meine Gesäßtasche. Dann hob ich die leuchtend gelbe Topfpflanze an, auf die Dean gezeigt hatte, und holte den Schlüssel heraus.

„Gibt es hier irgendetwas, von dem Sie meinen, dass wir es wissen sollten?", fragte ich ihn, als ich die Tür aufschloss und eintrat.

„Ich habe nichts zu verbergen."

Ich schnaubte. „Sie haben sehr viel zu verbergen. Panscherei, drohender Bankrott", zählte ich an meinen Fingern ab. „Sie waren nicht gerade gesprächig. Wussten Sie, dass Leah eine Affäre hatte? Mit Eric?" Seine frühere Reaktion hatte echt gewirkt. Ihre Affäre war ihm neu gewesen, aber Dean war so von sich selbst eingenommen, dass ich bezweifle, dass er zugeben würde, dass sie ihn erfolgreich getäuscht haben.

Die Luft knisterte und Deans Gesicht färbte sich rot.

„Ich würde sagen, das ist ein Nein", meinte Ben leise in meine Richtung.

„Da stimme ich dir zu." Ich nahm ein Paar Latexhandschuhe aus meiner Tasche, zog sie an und dachte gerade noch daran, den Türgriff mit dem Saum meines T-Shirts abzuwischen, bevor ich zum Bücherregal im Wohnzimmer ging.

„Das kann ich machen", unterbrach mich Ben. Er streckte die Hand aus, die Finger gespreizt, und fuhr mit ihnen durch die Bücher.

„Ich dachte, du kannst nichts fühlen", sagte ich. „Was soll das beweisen, außer dass du mit deiner Hand durch einen Haufen Bücher gehen kannst?"

„Ich kann sie nicht physisch spüren. Aber ich spüre ihre … Energie, falls man das so nennen kann.

Es ist schwer zu beschreiben, aber ich spüre, wenn etwas nicht an seinem Platz ist."

„Du meinst, du kannst fühlen, ob etwas in einem dieser Bücher versteckt ist?"

Er nickte. „Versuch es mit dem hier. Irgendetwas steckt zwischen den Seiten."

Ich nahm das fragliche Buch in die Hand, blätterte es durch und fand nach einem Viertel der Seiten ein Lesezeichen. „Netter Versuch." Ich stellte das Buch wieder zurück.

„Man kann nicht immer gewinnen. Aber ich mache hier weiter. Warum durchsuchst du in der Zeit nicht das Schlafzimmer?"

Das tat ich. Ich zog Schubladen heraus und tastete nach falschen Rückseiten oder Böden. Nichts.

„Wonach genau suchen Sie eigentlich?", fragte Dean, während er mich beobachtete.

Ich zuckte mit den Schultern. „Nach irgendetwas, das fehl am Platz ist. Nach etwas, was Sie oder Leah versteckt haben, das uns helfen könnte, Ihren Mörder zu finden."

„Ich muss Sie etwas fragen." Deans Stimme war leise und geheimnisvoll. Ich hielt in meiner Suche unter dem Bett inne und sah ihn an.

„Was?"

„Diese Geistersache. Wie funktioniert das genau?"

„Ähm. Ich bin nicht sicher, ob ich Ihre Frage richtig verstehe. Ich weiß nur, dass manchmal, wenn jemand unerwartet oder gewaltsam stirbt, sein Geist zurückbleibt."

Er nickte. „Und Sie können sie sehen."

„Ja."

„Warum?"

„Wir glauben, dass es daran liegt, dass jemand versucht hat, einen Heilzauber zu sprechen, als Ben getötet wurde. Dieser Zauber hat seinen Geist irgendwie mit mir verbunden und mir diese Fähigkeit gegeben."

„Und was passiert danach?"

„Wonach?"

„Nachdem Sie herausgefunden haben, wer mich getötet hat. Bleibe ich oder gehe ich? Ich nehme an, dass es genau darum geht – um unerledigte Angelegenheiten und all das. Und wenn ich gehe, wohin gehe ich dann?"

„Das ist noch nicht oft vorgekommen, aber wenn ein Mord aufgeklärt wurde, zieht der Geist normalerweise weiter. Wohin er geht, weiß ich nicht. In den Himmel? In die Hölle? In ein anderes Leben nach dem Tod?"

„Aber der Mord an Delaney wurde aufgeklärt. Ich habe darüber in der Zeitung gelesen. Und er ist immer noch hier."

„Aus freien Stücken." Ich nickte.

„Und die anderen Geister?"

„Welche anderen Geister?"

„Die drei alten, gruseligen Männer."

Ich erstarrte. „Meinen Sie die drei Geister, die in einem schwarzen Nebel über dem Boden schweben?"

„Ja, genau die. Was haben sie vor?"

„Ich weiß es nicht. Das erste Mal habe ich sie in der Firefly Bay Brewing Company gesehen."

„Ich glaube, sie sind hinter mir her." Mir entging der Anflug von Angst in Deans Worten nicht und ich konnte es ihm nicht verübeln. Die Geister hatten auch mich verunsichert.

„Wie kommen Sie denn darauf?"

„Weil sie überall auftauchen, wohin ich auch gehe."

„Haben Sie mit ihnen gesprochen?"

„Auf keinen Fall! Ich haue ab, sobald sie erscheinen."

„Also laufen Sie einfach weiter weg?" Nicht, dass ich ihm daraus einen Vorwurf machen könnte, ich hätte dasselbe getan.

Er nickte. „Sie bewegen sich nicht sehr schnell. Und das Tolle an dieser Geistersache ist, dass ich verschwinden und wieder auftauchen kann, wann und wo ich will. Also verschwinde ich einfach, wenn sie auftauchen.“

Ich nahm die Suche unter dem Bett wieder auf. „Interessant.“ Ich wusste nicht, wer die drei Geister waren und warum sie Dean verfolgten. Ich wusste nur, dass sie unheimlich waren und mich ein sehr schlechtes Gefühl bei ihrer Anwesenheit beschlich, was im Grunde bedeutete, dass es nichts Gutes sein würde, wenn sie ihn irgendwann einholten.

„Hallo“, murmelte ich vor mich hin und streckte mich noch mehr, um etwas aufzuheben, das ein Manschettenknopf zu sein schien. „Gehört der Ihnen?“ Ich hielt ihn gegen das Licht und erst, als ich ihn drehte, sah ich die Initialen ES. Ups. Er gehörte nicht Dean, sondern Eric. Er hatte also gelogen, als er meinte, sie hätten sich immer nur bei ihm zu Hause getroffen. Warum sonst sollte sein Manschettenknopf unter Leahs Bett liegen?

„Dieses niederträchtige Stück Sch…“, fluchte Dean und ballte die Hände zu Fäusten. „Das wird er mir büßen!“ Mit diesen Worten verschwand er.

„Ben!“, rief ich.

„Was ist los?“ Er erschien in der Schlafzimmertür

und betrachtete den Manschettenknopf, den ich immer noch zwischen den Fingern hielt. „Ich schätze, der gehört Eric, richtig?"

„Da bin ich ganz deiner Meinung. Dean bekam wieder einen Wutanfall und ist jetzt hinter Eric her. Kannst du ein Auge auf ihn werfen? Ich glaube zwar nicht, dass er tatsächlich Schaden anrichten kann, aber man weiß ja nie. Ein randalierender Geist könnte mehr Unheil anrichten, als uns bewusst ist."

„Bin schon unterwegs."

Ich verbrachte eine weitere Stunde mit der Durchsuchung von Leahs Wohnung, fand aber nichts Interessantes mehr. Als ich in der Küche stand und auf das Foto von Eric, Leah und Dean starrte, das am Kühlschrank hing, erinnerte ich mich an meinen ersten Besuch hier. Leah hatte ziemlich deutlich gemacht, dass Eric für Deans Tod verantwortlich war. Es kam mir seltsam vor, dass sie ihn den Wölfen so zum Fraß vorgeworfen hatte, wo sie doch mit ihm geschlafen und offenbar Pläne geschmiedet hatte, Dean zu verlassen. Dieser Teil klang allerdings etwas undurchsichtig.

„Dieser Fall ist echt krass", murmelte ich, während ich zur Tür hinausging und den Schlüssel wieder unter den gelben Blumentopf legte. Ich zog die Latexhandschuhe aus, warf sie auf den

Beifahrersitz und saß mit laufendem Motor da, während ich über meinen nächsten Schritt nachdachte. „Ich drehe mich ständig im Kreis. Dean war nur noch einen Hauch vom Bankrott entfernt gewesen und hatte bei Arlie Roberts kein Land mehr gesehen. Aber Galloway glaubt nicht, dass Arlie für den Mord an Dean verantwortlich ist. Zurecht. Denn Arlie würde durch seine Ermordung eine Geldquelle verlieren. Und dann ist da noch Leahs Affäre mit Eric. Ihr Verhalten ist mehr als seltsam – erst ihre fast hysterische Trauer über Deans Tod und dann beschuldigt sie Eric des Mordes an Dean, obwohl sie eine Affäre mit Eric hat. Das passt einfach nicht zusammen."

Ich kramte den Manschettenknopf aus meiner Tasche und starrte ihn an. Ich warf ihn in die Luft und schloss die Faust, um ihn zu fangen, verfehlte ihn aber und er fiel auf den Boden des Autos. Die nächsten fünf Minuten verbrachte ich mit der Suche nach ihm. Nachdem ich ihn wieder in meine Tasche gesteckt hatte, überlegte ich mir, was ich als Nächstes tun wollte. Erics Haus durchsuchen.

Zehn Minuten später parkte ich drei Häuser von Eric Sullivans Adresse entfernt. Ich schnappte mir die Latexhandschuhe, die ich zuvor ausgezogen hatte, und ging den Bürgersteig entlang, wobei ich die Häuser der Nachbarn beobachtete. Alles war ruhig, niemand war zu sehen, als ich in Erics Einfahrt einbog. Keine Autos. Ich hoffte, dass das bedeutete, dass sowohl er als auch seine Tochter nicht da waren.

Ich schlich zur Rückseite des Hauses, hockte mich an die Hintertür, zog die Ledertasche, in der ich meine Dietriche aufbewahrte, aus meiner Gesäßtasche und knackte das Schloss. Ein paar Sekunden später war ich drin. Diese Aufgabe hatte ich während meiner Ausbildung hervorragend gemeistert. Galloway hatte gemeint, es sei unheimlich, wie schnell ich sämtliche Schlösser knacken konnte. Es schien nur fair, dass ich in irgendetwas gut war, da ich das Schießen immer noch nicht beherrschte.

Im Haus blieb ich einen Moment stehen, um mich zu orientieren und den Grundriss des Hauses zu erfassen. Dann erstarrte ich. Klingelte da ein Telefon? Es war also doch jemand zu Hause! Ich ging schneller als ein heißes Messer durch Butter zurück, doch zu meiner völligen Verwirrung wurde das Klingeln lauter, als ich draußen war. Und es kam aus der Mülltonne an der Ecke des Hauses.

Ich schaute mich um, als wolle mich jemand auf den Arm nehmen, bevor ich schließlich vorsichtig zum Mülleimer ging und den Deckel öffnete. Darin vibrierte ein Mobiltelefon, dessen Klingelton laut widerhallte. Nach einer halben Sekunde Diskussion mit mir selbst, ob ich dran gehen sollte oder nicht, war die Entscheidung gefallen.

Vorsichtig, ohne das Telefon ans Gesicht zu halten, antwortete ich: „Hallo?"

„Wer ist da?", fragte eine Männerstimme. Eine sehr vertraute Männerstimme.

Ich runzelte die Stirn. „Galloway?"

Ein kurzes Zögern, dann: „Audrey?"

„Ja. Ich bin's."

„Was machst du mit diesem Telefon?"

„Ähm. Ja." Ich biss mir verlegen auf die Lippe. „Also, ich bin vor Erics Haus …"

„Vor Eric Sullivans Haus?"

„Ja."

„Ist das sein Handy?"

„Nun, das kann ich nicht sagen. Es lag draußen in der Mülltonne. Ich hörte es klingeln. Ich fand es sehr merkwürdig, dass ein Mülleimer klingelte. Warum wirft man ein funktionierendes Telefon weg?"

„Vielleicht, weil es das Telefon ist, das zu der kostenpflichtigen Nummer gehört, die Dean Ward angerufen hat, bevor er starb", antwortete Galloway trocken.

„Oh." Ich hielt das Telefon weg und blinzelte darauf, bevor ich es wieder an mein Ohr hielt. Alles ohne Berührung, wegen a) Beweise und b) Keime. Es hatte ja schließlich im Müll gelegen. „Soll ich es dir gleich vorbeibringen?"

„Ich möchte, dass du bleibst, wo du bist. Rühr dich nicht von der Stelle. Ich schicke jemanden zu dir. Wir müssen die Beweise sichern und die Befehlskette einhalten."

Was auch immer das bedeutete …

„Okay. Bye", meinte ich gut gelaunt und beendete das Gespräch. Da ich nicht wusste, was ich mit dem Telefon tun sollte, beschloss ich, es wieder dorthin zu legen, wo ich es gefunden hatte. Dann setzte ich mich, um zu warten, während ich im Stillen betete, dass weder Eric noch seine Tochter nach Hause kommen und mich in ihrem Garten entdecken würden.

Ich war überrascht, als Galloway selbst auftauchte. Er hatte gesagt, dass er jemanden schicken würde, also hatte ich einen Uniformierten erwartet, nicht *Captain Cowboy Hot Pants* persönlich. Nicht, dass ich mich beschwert hätte, wohlgemerkt. Er war immer eine Augenweide.

„Willst du mir vielleicht etwas sagen?", fragte er mit verschränkten Armen.

Ich zog die Schultern hoch und versuchte, nicht schuldbewusst auszusehen. „Nein. Warum?"

„Bist du dir sicher?", hakte er nach. Sicherlich wartete er nicht darauf, dass ich ihm gestand, dass ich mir Zugang zu Erics Haus verschafft habe, oder? Ich war nur ganz kurz drinnen gewesen, als das Telefon geklingelt und mich wieder nach draußen geführt hat.

„Das Telefon ist da drin." Ich zeigte auf den Mülleimer. Er schaute kurz dorthin und dann wieder zu mir. Ich runzelte die Stirn, weil ich nicht wusste, worauf er wartete, was er von mir hören wollte.

„Was?", fuhr ich ihn schließlich an und wurde allmählich wütend.

Er seufzte und schüttelte den Kopf. „Fällt dir vielleicht irgendetwas ein, was deine Schwester betrifft? Irgendwas mit einem Baby?"

„Oh! Richtig!" Ich schlug mir auf die Stirn. „Tut mir leid, ja." Ich zauberte ein Lächeln auf mein Gesicht. „Laura hat ihr Baby bekommen. Ein Mädchen. Grace Elizabeth."

„Das habe ich gehört."

„Bist du sauer, weil du es nicht von mir gehört hast?" Ich blinzelte überrascht. Gut, es war eine schlechte Idee von mir gewesen, es ihm nicht zu sagen, aber ich dachte nicht, dass er deswegen böse sein würde. Um ehrlich zu sein, war ich immer noch dabei, das Trauma zu verdauen. Als ich an diesem Morgen aufgestanden war, hatte ich nicht damit gerechnet, die Geburt eines Babys mitzuerleben. Und ich hatte definitiv nicht erwartet, dass dieses Ereignis meine Einstellung zum Kinderkriegen ändern würde, aber so war es nun einmal.

Er schüttelte den Kopf und seufzte. „Ich bin nicht böse auf dich, Audrey. Ich mache mir Sorgen."

„Du machst dir Sorgen?"

„Ja."

„Warum?"

„Weil Laura angerufen und gesagt hat, dass du das Krankenhaus unter Schock verlassen hast und dass ihr klar geworden ist, dass es vielleicht ein bisschen … überwältigend war, bei der Geburt von Grace dabei zu sein."

Ich schwieg einen Moment lang und versuchte, nicht zusammenzuzucken. Ich wollte nicht darüber sprechen. Nicht jetzt. Vielleicht niemals. Und ich war sehr gut im Ausweichen.

Ich zeigte auf den Mülleimer. „Habe ich dir gesagt, dass das Telefon da drin ist?"

„Okay." Er öffnete eine Beweismitteltüte, holte

das Telefon heraus und ließ es in die Tüte fallen. „Wir reden später darüber."

„Über das Telefon?"

„Über das Baby."

Oh, toll. Ich konnte es kaum erwarten.

„Möchte ich wissen, was du hier machst?" Er nickte in Richtung des Hauses.

Ich schüttelte den Kopf. „Nein, das möchtest du nicht."

Er kniff die grauen Augen zusammen und sah mich so intensiv an, dass mir der Mund trocken wurde und ich kaum schlucken konnte. Mit einem weiteren Kopfschütteln ging er zwei lange Schritte auf mich zu, nahm mich in die Arme und zog mich an seine Brust.

„Du machst mich noch wahnsinnig." Seine Stimme dröhnte an mein Ohr, zusammen mit dem Klopfen seines Herzens. Ich schlang die Arme um seine Taille und drückte zu.

„Ist das etwas Schlechtes?", fragte ich leise. Ich wusste, dass ich in der letzten Woche sehr anstrengend gewesen war. Der Koffeinentzug war schrecklich, meine Stimmung mies. Selbst ich hatte keine Lust, Zeit mit mir zu verbringen.

„Wahnsinnig auf eine gute Art", stellte er klar.

„Oh." Ich ließ mich erleichtert gegen ihn sinken. „Dann ist ja gut."

Er löste sich mit einem leisen Lachen von mir und drückte mir einen Kuss auf den Mund. „Fortsetzung folgt."

Meine Lieblingswörter. „Ganz bestimmt."

Meine Augen klebten an seinem in Jeans gehüllten Hintern und bewunderten den Anblick, als er wegging und mir zurief, ohne sich umzudrehen: „Du denkst besser nicht daran, in dieses Haus zu gehen, Fitzgerald."

Ich keuchte in gespielter Empörung. „Ich? Niemals!" Verdammt. Nachdem meine Spionagetätigkeit vorübergehend vereitelt worden war, folgte ich ihm langsam und in Gedanken versunken die Einfahrt hinunter.

KAPITEL 11

Manchmal muss ein Mädchen einfach seinen Mann stehen und tun, was getan werden muss. Mit einem Blumenstrauß, so groß wie ein kleines Kind, kehrte ich ins Krankenhaus zurück, um Laura und Baby Grace zu besuchen. Nicht, dass es mir schwergefallen wäre, meine Schwester und meine neugeborene Nichte zu sehen, aber ich hatte immer noch Flashbacks von der Geburt und, ganz offen gesagt, von dem Schrecken, den sie verursacht hatte.

„Du hast Galloway angerufen." Ich begrüßte Laura mit einem Kuss auf die Wange, bevor ich die Blumen auf den Wagen am Fußende ihres Bettes legte.

„Das habe ich", gab sie freimütig zu.

„Warum?"

„Komm, setz dich." Sie klopfte neben sich auf das Bett. Ich warf einen Blick auf Grace in ihrem Kinderbettchen und setzte mich dann auf den Rand des Bettes. „Audrey, du hast nicht dein Gesicht gesehen. Du hast das Richtige getan und das Richtige gesagt, aber du hattest keinen Funken Farbe im Gesicht und einen total verängstigten Blick. Sobald Brad auftauchte, konntest du nicht schnell genug von hier verschwinden."

Und ich hatte gedacht, ich wäre rücksichtsvoll gewesen und würde ihnen Zeit mit ihrem neuen Familienmitglied schenken. Ich schürzte die Lippen und atmete dann lautstark aus. „Okay, gut, das stimmt. Wahrscheinlich war ich einfach nicht darauf vorbereitet."

Laura griff nach meiner Hand. „Natürlich nicht. Keine von uns war das. Was du heute erlebt hast, war eine sehr schnelle Geburt. Eineinhalb Stunden von Anfang bis Ende. Das ist nicht normal. Und ich verstehe, dass es wahrscheinlich beängstigend war. Und du hattest keine Zeit, dich mental darauf vorzubereiten."

Wie wahr. Ich hatte nur begrenzte Kenntnisse über Geburten. Natürlich wusste ich, wie Babys entstehen, so naiv war ich nicht, aber wenn ich jemals erwartet hätte, Geburtshelferin zu sein, hätte ich mich vorbereitet, ein paar Videos angeschaut, ein paar Bücher gelesen und mit Laura einen Geburtsvorbereitungskurs besucht. Aber ich habe *nie* damit gerechnet, jemals Geburtspartnerin von irgendjemandem zu sein. Niemals. Ich hatte also nichts von alledem getan.

„Aber warum hast du Galloway angerufen?", jammerte ich, weil er es jetzt auf dem Schirm hatte und ich wusste, dass ich irgendwann mit ihm über diese ganze Baby-Sache reden musste. Und dazu war ich einfach noch nicht bereit. Selbst während dieses Gesprächs mit Laura hatte sich meine Meinung nicht geändert. Ich war mir nicht sicher, ob ich Kinder wollte. Und ich wusste einfach, dass meine Familie irgendeine Aktion starten würde, um mich umzustimmen, wenn diese Worte über meine Lippen kämen. Und wer weiß, vielleicht würde sie ja klappen, aber es war völlig unfair, sich damit zu beschäftigen, während man auf Koffeinentzug war.

„Weil ich mir Sorgen um dich gemacht habe, aber nicht bei dir sein und mich selbst vergewissern konnte, dass es dir gut geht. Aber er konnte es."

Das war so typisch für meine Familie. Sie alle haben das Herz am rechten Fleck, aber ihre Taten sorgten bei mir oft für das reinste Chaos.

Laura runzelte die Stirn. „Bist du sauer, weil ich ihn angerufen habe?"

Ich zuckte halb mit den Schultern. „Ich wünschte nur, du hättest es nicht getan."

„Warum?", fragte sie erstaunt. „Ist mit euch beiden alles in Ordnung?"

Oh Mann, das wurde ja immer schlimmer. Statt zu antworten, richtete ich meine Aufmerksamkeit auf das Baby. „Ist sie wach? Darf ich sie halten?"

Laura wurde sofort wachsweich. „Natürlich. Sie ist einfach ein ganz bezauberndes Baby. Abgesehen von Isabelle, natürlich."

Ich grinste. „Natürlich." Ich hob das kleine Bündel hoch und kuschelte meine kleine Nichte an meine Brust. Es war ja nicht so, dass ich keine Kinder mochte, weiß Gott nicht. Ich liebte meine Nichten und Neffen über alles. Aber die Geburt. Der Schmerz. Das Blut. Habe ich die Schmerzen erwähnt? Würde ich meine biologische Uhr besänftigen, indem ich die Kinder meiner Geschwister mit Liebe überhäufte, anstatt eigene zu zeugen? Im Moment war die Antwort darauf ein klares Ja!

Ich wiegte das schlafende Baby in meinen Armen hin und her und erzählte ihm dabei leise irgendwelchen Unsinn, als mein Bruder Dustin und meine Schwägerin Amanda zu Besuch kamen. Amanda kam schnurstracks zu mir und dem Bündel, das ich in der Hand hielt. Ich übergab es pflichtbewusst.

„Du hast heute Morgen nicht angerufen", meinte ich und sah zu, wie Amanda sich in Grace verliebte. Wie könnte man das auch nicht?

Sie sah mich an. „Ich dachte, du hättest viel zu tun, da dein Vorgarten gerade ein Tatort ist. Das hättest du mir wirklich gestern sagen sollen, dann hätten wir die Babyparty woanders stattfinden lassen können."

„Das war kein Problem", widersprach ich. „Es war nur der Rasen vor dem Haus betroffen und den haben wir schließlich nicht benutzt."

„Trotzdem habe ich nicht erwartet, dass ich bei meiner Ankunft überall Polizeiband vorfinde. Ich nehme an, du bist immer noch koffeinfrei? Oder war das der letzte Tropfen und du bist rückfällig geworden?"

Ich richtete mich kerzengerade auf. „Hier ist niemand rückfällig geworden. Ich bin hundertprozentig koffeinfrei. Bis morgen." Noch ein Tag.

„Und wie geht es dir damit? Bist du etwas

weniger ungeschickt? Stößt du nicht mehr ständig überall gegen? Bist du klarer und konzentrierter."

„Ich bin immer noch ich, falls du das wissen willst", schnauzte ich sie an und wurde zunehmend gereizter. Dank Amandas Wette war meine Lunte viel kürzer.

Dustin unterbrach sie und verlangte, Baby Grace auch einmal halten zu dürfen. Ich beschloss, dass ich genug von Lauras liebevoller Einmischung und Amandas Verhör hatte, verabschiedete mich hastig und floh zum zweiten Mal.

Ich kam gerade an der Notaufnahme vorbei, als ein Krankenwagen eintraf, und aus reiner Neugier blieb ich stehen, um zu sehen, wen sie da hereinbrachten.

„Was haben wir denn hier?", fragte eine Krankenschwester, während meine beiden Lieblingssanitäter Ned und Jayce ihren Patienten herein rollten.

„Amy Baker, zwanzig Jahre alt, Verdacht auf Drogenüberdosis."

Dahinter folgte Megan Sullivan, Erics Tochter, die sehr verzweifelt aussah. „Bitte sagen Sie mir, dass sie wieder gesund wird", flehte sie.

„Was hat sie genommen?", fragte die Krankenschwester.

„Unbekannt, aber Verdacht auf Opioid-Überdosis", antwortete Ned und ratterte eine Reihe von Zahlen herunter.

Eine zweite Krankenschwester kam dazu und führte Megan von ihrer Freundin weg. „Wissen Sie, was sie genommen hat? Woher hatte sie die Drogen?"

„Ich weiß es nicht", antwortete Megan schniefend und wischte sich mit den Fingern über die Augen. „Wir haben zusammen abgehangen und sie ist einfach umgekippt und ich konnte sie nicht aufwecken."

Ein Arzt in einem weißen Kittel kam dazu. „Was haben wir?"

„Unbekannte Menge mutmaßlicher Opioide", teilte ihm die Krankenschwester mit. „Atemgeräusche sind gut."

Der Arzt hörte Amys Brust ab und nickte. „Lassen Sie sie am Sauerstoff und geben Sie ihr Aktivkohle. Wenn sich ihre Atmung verlangsamt oder flach wird, versuchen wir es mit Naloxon."

Sie zogen die Vorhänge um Amys Behandlungsraum zu und versperrten so jede Sicht. Megan stand allein in der Mitte der Notaufnahme, also ging ich zu ihr und legte ihr eine tröstende Hand auf die Schulter.

„Das mit Ihrer Freundin tut mir sehr leid", sagte ich. „Aber sie ist in guten Händen."

„Was machen Sie denn hier?" Sie sah mich überrascht an, da sie mich vorhin nicht bemerkt hatte. „Sie sind doch die Privatdetektivin, von der Dad mir erzählt hat."

„Meine Schwester hat gerade ein Baby bekommen und ich habe sie besucht."

„Ich hoffe, sie wird wieder gesund." Megan knete die Hände und ich folgte ihrem Blick zu der Kabine, in der Amy behandelt wurde.

„Glauben Sie, dass sie … absichtlich eine Überdosis genommen hat?"

„Was?" Megan sah mich entgeistert an. „Auf keinen Fall." Aber dann murmelte sie leise vor sich hin: „Das hoffe ich zumindest."

Eine der Krankenschwestern kam zurück und bat Megan um Hilfe bei der Zusammenstellung von Unterlagen und Kontaktinformationen für Amys Familie. Ich verließ das Krankenhaus, tief in Gedanken versunken. Hatte ich Amy gesehen, wie sie Drogen von Jay gekauft hat?

Mein Telefon klingelte und kündigte eine Textnachricht an. Ein Blick auf den Bildschirm verriet mir, dass sie von Galloway stammte. Wollte er mich kontrollieren? Ein Hauch von Unbehagen kroch mir den Rücken hinauf. Ich wünschte wirklich, Laura hätte ihn nicht angerufen. Jetzt würde er mich mit seiner Besorgnis erdrücken und mich für zerbrechlich halten. Verärgert öffnete ich die Nachricht und formulierte bereits eine originelle Antwort, als ich innehielt und blinzelte. Seine Botschaft war nicht das, was ich erwartet hatte.

Eric ist zur Vernehmung auf dem Revier. Willst du dabei sein?

Ist der Papst katholisch? Aber ja, natürlich!

Ich bin schon unterwegs, schrieb ich zurück und fügte ein Smiley-Emoji hinzu.

Als ich in meinen Wagen stieg, waren alle Gedanken an Babys und Geburten vergessen. Ich fuhr so schnell wie gesetzlich erlaubt zum Revier. Es kam nicht oft vor, dass Galloway mich offiziell einlud. Normalerweise folgte ich ihm einfach und hing herum und plauderte mit demjenigen, der gerade Dienst hatte.

„Hey, Audrey, wieder da?", meinte Officer Walsh grinsend und klopfte mir auf den Rücken. „Ich sage Galloway Bescheid, dass Sie hier sind."

Ich starrte sehnsüchtig auf die Kaffeekanne. Obwohl ich wusste, dass das Gebräu schon den ganzen Tag dort gestanden hatte und wahrscheinlich so bitter war, dass es den Zahnschmelz von meinen

Zähnen lösen würde, hatte ich immer noch Lust auf eine Tasse davon.

„Du bist gut durchgekommen", meinte Galloway, den Mund dicht an meinem Ohr.

Ich drehte mich um, lächelte und freute mich über die Wendung der Dinge.

„Das Krankenhaus ist nicht weit von hier. Also, wie läuft es ab? Darf ich ihm Fragen stellen?"

Galloway grinste. „Immer mit der Ruhe, Columbo. Als ich sagte: ‚Willst du dabei sein', meinte ich nicht: ‚Willst du mittendrin sein'."

Ich verstand. Er konnte nicht zulassen, dass eine Zivilistin bei einer offiziellen polizeilichen Befragung dabei war. „Du meinst also, außen vor dabei sein? Hinter einem Zwei-Wege-Spiegel?"

„Fast." Galloway legte eine Hand zwischen meine Schulterblätter und führte mich in den Korridor, der sich über die gesamte Länge des Gebäudes erstreckte. „Du kannst auf einem Monitor zusehen – und zuhören. Wir zeichnen alles auf."

Drei Türen auf einer Seite des Ganges, vier auf der anderen. Ich wusste bereits, dass Galloways Büro die erste Tür war, und direkt gegenüber befand sich der Vernehmungsraum. Er deutete auf das Zimmer daneben und ich ging vor ihm hinein. Es war weniger ein Zimmer als ein Schrank. Ein winziger Streifen eines Fensters im oberen Bereich ließ ein wenig Tageslicht herein. Ein Schreibtisch war an die Wand geschoben und darauf stand ein Computer mit einem großen Monitor, einer Tastatur und Kopfhörern.

Der Raum selbst war zwar dunkel und ein wenig schmuddelig, aber das Computersystem war erstklassig. „Nett." Ich nickte zustimmend, zog mir den Stuhl heran und machte es mir bequem.

„Schön, dass es dir gefällt." Galloway beugte sich über meine Schulter, um etwas zu tippen, und während ich durch den Duft seines Aftershaves abgelenkt war, erschien ein Bild auf dem Monitor: Eric Sullivan im Befragungsraum nebenan.

„Dieser Computer ist nicht mit dem Rest des Reviers vernetzt", erklärte Galloway. „Er hat einen eigenen sicheren Server."

„Für den Fall, dass ihr gehackt werdet." Clever. Nicht, dass ich die Polizei hacken würde, aber Telefonaufzeichnungen und Kontoauszüge waren in meiner Branche durchaus üblich. Ich hielt einen Moment lang inne und fragte mich, wann genau ich beschlossen hatte, dass das in Ordnung war. Früher hätte ich mich allein bei dem Gedanken daran gesträubt.

„Erde an Audrey." Galloway strich mir mit einem

Finger über die Wange und ich beugte mich zu ihm herüber, wobei ich fast vom Stuhl kippte.

„Ist alles in Ordnung?", fragte er mit dem richtigen Maß an Besorgnis und legte eine Hand auf meine Schulter, damit ich nicht fiel.

„Mir geht es gut." Ich lächelte ihn an. Ein echtes Lächeln, keines, bei dem man nur die Zähne fletschte. Ich wusste es sehr zu schätzen, dass er mich nicht drängte, über Laura und Grace' Geburt zu sprechen.

„Okay. Ich gehe jetzt rein. Ich werde die Aufnahme von dort aus steuern, also fass nichts an. Einfach nur zuschauen und zuhören, okay?"

Ich faltete die Hände und legte sie auf den Schreibtisch. „Nichts anfassen. Ich hab's verstanden."

Ich wandte meine Aufmerksamkeit wieder dem Monitor zu und beobachtete Eric, wie er nervös die Daumen aneinander rieb. Er zuckte zusammen, als sich die Tür öffnete und Galloway den Raum betrat.

Galloway zog den Stuhl gegenüber hervor und setzte sich. Dann ratterte er wie üblich Datum und Uhrzeit herunter, bevor er Eric bat, seine Identität zu bestätigen.

„Ja, ich bin Eric Sullivan."

„Und Sie wissen, warum Sie heute hier sind, Eric?"

Erics Augenbrauen schossen in die Höhe. „Eigentlich nicht. Ich meine, ich nehme an, es geht um Deans Tod. Aber ich habe nichts damit zu tun, also nein, ich weiß nicht, warum ich hier bin." In seiner Stimme schwang eine gewisse Streitlust mit.

Galloway legte eine Beweismitteltüte auf den Tisch. Ich erkannte das Handy, das ich in der Mülltonne hinter Erics Haus gefunden hatte.

„Erkennen Sie dieses Telefon?", fragte Galloway.

Eric schaute es an und schüttelte den Kopf. „Nein. Sollte ich?"

„Es wurde auf Ihrem Grundstück gefunden."

Eric blinzelte und sammelte sich kurz. „Ich hoffe, Sie hatten einen Durchsuchungsbeschluss, Detective."

Galloway lächelte. „Ja. Tatsächlich sind unsere Beamten immer noch bei Ihnen zu Hause. Werden sie noch etwas anderes finden?"

„Was meinen Sie mit ,noch etwas anderes'? Das ist ein Handy. Dean wurde erstochen. Ich wüsste nicht, wie das zusammenhängt."

„Warum haben Sie zwei Telefone, Eric?"

„Das habe ich nicht", widersprach er. Er schaute das Telefon erneut an. „Vielleicht gehört es …" Er schloss abrupt den Mund.

„Vielleicht gehört es Leah", sagte ich zu mir. Das

hatte er gerade sagen wollen. Doch dann war ihm klar geworden, dass die Frau, die er liebte, in die Sache verwickelt war, und hatte geschwiegen.

„Ich weiß nicht, wem das Telefon gehört, aber es ist nicht meins." Er verschränkte die Arme und lehnte sich in seinem Stuhl zurück.

„Und was ist damit?" Galloway legte eine weitere Beweismitteltüte auf den Tisch, die wesentlich kleiner war. Eric beugte sich vor, um einen Blick auf den Inhalt zu werfen.

„Das ist ein Ohrring", sagte er.

„Wessen Ohrring?"

Eric hielt inne, schaute weg und dann wieder zu Galloway. „Er gehört Leah Dunn."

„Und warum lag Leah Dunns Ohrring in Ihrem Bett?"

„Oh oh", flüsterte ich vor mich hin. Meine Hand wanderte zu meiner Jeanstasche, in der der Manschettenknopf steckte, den ich bei Leah gefunden hatte. Ich hatte ganz vergessen, dass er dort war.

„Wir lieben uns", sagte Eric mit emotionsloser Stimme.

„Sie hatten eine Affäre mit Leah Dunn?", hakte Galloway nach.

„Ja."

„Haben Sie Dean Ward getötet?"

Wow. Ziemlich direkt. Das gefiel mir. Ich wartete auf Erics Antwort.

„Nein, ich habe Dean Ward nicht getötet."

„Aber Sie müssen zugeben, dass Sie ein Motiv haben", sagte Galloway. „Sie hatten eine Affäre mit seiner Freundin. Vielleicht wollten Sie Dean aus dem Weg räumen, um sie ganz für sich allein zu haben."

Eric schnaubte. „Ich liebe diese Frau seit über drei Jahren. Ich hätte auch noch etwas länger warten können. Sie wollte ihn verlassen, und bevor Sie sagen, *Das sagen alle*, sie wollte es wirklich! Aber Dean stand kurz vor dem Konkurs und sie wollte eine schwierige Situation nicht noch schlimmer machen. Sie wollte ihm beistehen." Eric wedelte mit der Hand. „Bei einem Konkurs oder was auch immer passieren würde. Laut Leah stand Moustache Craft Ales kurz davor, unterzugehen."

Ich nickte. Moustache Craft Ales war wirklich in einem miserablen Zustand und was Eric Galloway erzählte, deckte sich mit dem, was Leah mir gesagt hatte. Aber es klang trotzdem sehr verdächtig. Wenn man nicht mehr in eine Person verliebt war, würde man ihr dann wirklich in einer möglicherweise sehr langen Zeit des Konkurses beistehen? Vor allem, wenn man bereits in einer Beziehung mit jemand anderem war? Außerdem hatte Leah angedeutet, dass sie sich Sorgen um Deans Geisteszustand gemacht habe, aber ich hatte nichts gesehen, was darauf hindeutete, dass er depressiv gewesen war, geschweige denn, selbstmordgefährdet.

Ich schickte Galloway eine Nachricht.

Ich glaube, Leah Dunn ist die Mörderin.

KAPITEL 12

Galloway schaute nicht einmal auf sein Telefon und ignorierte meine Nachricht völlig. Ich stützte das Kinn auf die Hand und verfolgte den Rest der Befragung. Sie enthüllte nichts, was ich nicht schon gewusst hatte. Eric behauptete immer wieder, er sei unschuldig, und ich neigte dazu, ihm zu glauben. Nachdem die Befragung beendet war, verließ Galloway den Raum. Eine Sekunde später öffnete sich meine Tür und Galloway stand da und starrte auf sein Telefon, bevor er den Blick hob. „Du glaubst, dass Eric unschuldig ist?" Er zog eine Augenbraue in die Höhe.

Ich nickte. „Ja."

„Warum?"

Eine ausgezeichnete Frage. Weil ich ihn irgendwie mochte und Leah nicht? Ich glaubte nicht, dass Galloway das als ausreichenden Grund akzeptieren würde.

„Nenn es ein Bauchgefühl", sagte ich schließlich. Er seufzte und ich fuhr hastig fort. „Ich weiß, ich weiß. Man kann niemanden aufgrund irgendeines Bauchgefühls verhaften. Was passiert jetzt? Mit Eric?"

„Wir behalten ihn vorerst hier und ermitteln weiter. Wir nehmen seine Fingerabdrücke und seine DNA und sehen, ob wir etwas auf dem Telefon finden können. Gut, dass du Handschuhe anhattest, als du es aufgehoben hast."

„Ich bin kein totaler Anfänger." Ich kramte in meiner Tasche, holte den Manschettenknopf hervor und hielt ihn ihm hin. „Ich weiß, dass er nicht als Beweismittel zulässig ist, aber ich habe ihn unter Leah Dunns Bett gefunden. In ihrer Wohnung."

Galloway nahm den Manschettenknopf und untersuchte ihn. „Erics, nehme ich an."

„Stimmt, aber er hat mir gesagt, dass sie sich immer bei ihm zu Hause treffen. Warum lag dann sein Manschettenknopf unter ihrem Bett?"

„Spielt das eine Rolle? Ihre Affäre wurde

aufgedeckt. Ihr Ohrring in seinem Bett, sein Manschettenknopf unter ihrem."

„Das ist ein bisschen zu viel des Guten, meinst du nicht auch?", beharrte ich.

Galloway warf den Manschettenknopf in die Luft und fing ihn auf, wobei sein Blick die ganze Zeit auf mich gerichtet blieb. Oh Mann, wurde es hier drinnen allmählich heiß oder lag das nur an mir?

„Willst du damit sagen, dass du glaubst, dass diese Gegenstände absichtlich platziert wurden?"

Ich zuckte mit den Schultern. „Keine Ahnung. Vielleicht? Ja?"

Galloway hielt meinen Blick noch einen Moment lang fest, dann schloss er die Tür und kehrte in den Befragungsraum zurück. Er hielt Eric den Manschettenknopf hin. „Gehört der Ihnen?"

Eric beugte sich vor, um einen Blick darauf zu werfen, und nickte. „Ja. Ich wusste nicht einmal, dass ich ihn verloren habe. Wo war er?"

„In Leah Dunns Wohnung."

Eric fuhr hoch. „Das kann nicht sein."

„Warum nicht?"

„Weil ich noch nie in ihrer Wohnung war. Dean und sie haben sie gemietet, nachdem sie zusammenkamen. Ich habe noch nie einen Fuß hineingesetzt." Was das betraf, war er ziemlich unnachgiebig.

„Wie ist dann Ihr Manschettenknopf unter ihr Bett gekommen?"

Eric verschränkte die Arme. „Keine Ahnung, aber ich war das nicht. Ich habe diese Manschettenknöpfe das letzte Mal getragen, als ..." Er schaute an die Decke, während er sein Gedächtnis durchforstete. „Ich kann mich nicht erinnern. Aber das ist schon lange her, wahrscheinlich länger als ein Jahr."

„Sie haben diese Manschettenknöpfe also seit einem Jahr nicht mehr getragen?"

„Ja. Das sind Manschettenknöpfe für einen Frack. Und das ist wiederum keine Standardkleidung für die Bar. Wenn dieser Manschettenknopf in Leahs Haus gefunden wurde, dann hat ihn jemand dort platziert."

Bingo! Mit einem lauten Knall schlug ich mit der Faust auf den Schreibtisch. Sowohl Galloway als auch Eric rissen den Kopf herum und starrten in meine Richtung. Ups. Ich drückte mir die schmerzende Hand auf die Brust und lehnte mich in meinem Stuhl zurück, während Galloway den Befragungsraum wieder verließ.

Die Tür öffnete sich.

Ich entschuldigte mich, bevor er etwas sagen

konnte. „Das tut mir leid. Ich war ein bisschen aufgeregt."

„All das sind nur Indizien. Wir brauchen Beweise."

„Wie kann man beweisen, dass jemand nicht im Haus eines anderen war? Oder dass man diese Manschettenknöpfe seit einem Jahr nicht mehr getragen hat? Das ist unmöglich."

„Genau. Außerdem können wir den Manschettenknopf nicht als Beweismittel vorlegen."

„Weil ich ihn aus Leahs Haus mitgenommen habe." Mist, Mist, verdammter Mist. „Wir müssen einfach etwas anderes finden, um zu beweisen, dass Eric es nicht war." Ich griff nach einem Strohhalm und wir beide wussten das.

„Eigentlich ist das nicht mein Job", meinte Galloway. „Mein Job ist es, herauszufinden, wer Dean Ward getötet hat, anstatt zu beweisen, dass es jemand anderes war. Ich muss den Beweisen folgen und bis jetzt deuten sie auf Eric hin."

„Nun, das ist falsch", beschwerte ich mich und verschränkte die Arme. „Und was ist mit Jay Byrne, Deans Mitarbeiter? Wurde er ebenfalls zur Befragung vorgeladen? Ich habe gesehen, wie er Drogen verkauft hat, und ich bin gerne bereit, das zu bezeugen."

„Wir suchen gerade nach ihm."

„Ihr sucht nach ihm? Willst du damit sagen, dass ihr ihn verloren habt?"

„Ich habe eine Streife geschickt, um ihn von der Arbeit abzuholen, aber er war schon früher gegangen. Zu Hause ist er auch nicht. Er wird schon wieder auftauchen."

„Vielleicht steckt er mit Leah unter einer Decke!" Wahrscheinlich eher mit Arlie Roberts, aber irgendetwas störte mich an Leah Dunn.

„Vielleicht sollten wir einfach den Beweisen folgen, anstatt voreilige Schlüsse zu ziehen, was meinst du?"

Er hatte natürlich recht. Doch das bedeutete nicht, dass es mir gefallen musste.

Ich stand in meiner Küche, machte mir meine hoffentlich letzte Tasse koffeinfreien Kaffee und sah zu, wie Bandit und Thor ihr Futter verschlangen, als hätten sie tagelang nichts gegessen.

„Leute, ihr habt heute Morgen gefrühstückt. Also hört auf mit dem Theater", brummte ich.

„Ignoriere sie einfach", wies Thor Bandit an. „Sie

ist nur schlecht gelaunt wegen des koffeinfreien Kaffees."

„Ich mag Kaffee", antwortete Bandit.

„Du hast noch nie Kaffee getrunken", widersprach Thor.

„Das habe ich."

„Das hast du nicht."

„Das habe ich."

„Das hast du nicht."

„Leute!", protestierte ich und fuhr mir mit einer Hand über den Nacken.

„Aber ich habe Kaffee getrunken. Weißt du noch, als Mom ihren Kaffee auf der Arbeitsplatte stehen ließ, weil jemand an der Tür stand, und wir aufsprangen, um nachzusehen, ob noch ein Muffin übrig war?"

Ich erstarrte. Was hatte ich da gerade gehört? Sie wussten beide, dass die Arbeitsplatten tabu waren. Ich konnte mich allerdings daran erinnern, dass ich schon einmal ein Haar von Thor in meiner Kaffeetasse gefunden habe.

„Oh ja! Du hast recht. Jetzt erinnere ich mich." Thor nickte und begann, sein Gesicht zu waschen. „Du hast deine Pfote hineingesteckt."

„Nicht du auch noch!", quiekte ich und verzog das Gesicht.

„Ich mag Kaffee", wiederholte Bandit.

„Ich kann nicht glauben, was ich da höre." Ich schüttelte den Kopf und beäugte meinen Becher misstrauisch. Ab sofort würde ich immer auf der Hut sein, ob Bandit und Thor ihre Pfoten in meinen Becher steckten, wenn ich ihnen den Rücken zukehrte. Großartig.

„Ich auch nicht", sagte Dean, der es sich auf der Couch gemütlich gemacht hatte. Ben und er waren kurz nach meiner Ankunft nach Hause gekommen und ich hatte den Fernseher eingeschaltet, damit die beiden sich nicht stritten. Wenn es nicht meine Haustiere waren, die sich stritten, dann waren es die Geister. Hinter meinen Augen begannen die Kopfschmerzen zu pochen, und ich kramte in meiner Schublade nach den Tabletten, bis mir einfiel, dass ich heute welche besorgen wollte.

„Wie kommt es, dass Sie mit Tieren sprechen können?", wollte Dean wissen.

„Keine Ahnung", brummte ich, setzte mich an die Frühstückstheke und rollte mit den Schultern.

„Kopfschmerzen?", fragte Ben mitfühlend.

„Ja."

Er stellte sich hinter mich und hielt seine Hand vorsichtig einen Zentimeter von meinem Nacken entfernt. Der kühle Luftzug, der von seiner Anwesenheit ausging, wirkte beruhigend.

„Dean hat sich den falschen Zeitpunkt zum Sterben ausgesucht", seufzte ich. „Es fällt mir so schwer, mich zu konzentrieren und mir einen Reim auf die Dinge zu machen, wenn ich auf Koffeinentzug bin."

„Kopf hoch. Heute ist der letzte Tag." Ben klopfte mir auf die Schulter, aber seine Hand ging direkt durch mich hindurch, und das angenehm kühlende Gefühl verstärkte sich um das Zehnfache zu einem eisigen Schlag, der mich zusammenzucken ließ.

„Tut mir leid." Er rückte von mir ab und setzte sich in einen Sessel.

„Nein, das tut es nicht", stichelte ich.

„Ich habe mir den Tod nicht ausgesucht", unterbrach Dean uns. „Es ist ja nicht so, dass ich gedacht hätte: Hey, ich glaube, ich könnte mich heute umbringen lassen."

„Ja, ja." Ich wedelte mit einer Hand in der Luft herum. „Sie wissen, wie ich das meine. In jeder anderen Woche hätte ich das Problem bereits gelöst. Aber diese Woche ist mein Gehirn wie Matsch. Und es gibt so viele potenzielle Verdächtige."

„Lass uns noch einmal alles durchgehen", schlug Ben vor. „Was habt ihr?"

„Galloway zieht Eric Sullivan in Betracht. Dean rief ein Prepaidhandy an, das in einem Mülleimer vor Erics Haus gefunden wurde. Und dann ist da natürlich noch die Affäre von Eric und Leah."

„Natürlich war es Eric", schnaubte Dean. „Er wollte mich schon lange aus dem Weg haben."

„Und wer könnte ihm das verdenken?", fuhr ich ihn an. „Aber ich glaube nicht, dass er Sie getötet hat."

Dean grinste spöttisch. „Natürlich glauben Sie das nicht. Deshalb sind Sie ja auch Privatdetektivin und kein Detective. Sie sind ein Möchtegern und geben vor, etwas zu sein, was Sie nicht sind."

„Pass auf, was du sagst", warnte Ben ihn. „Vergiss nicht, dass du tot vor ihrer Haustür gefunden wurdest. Du wolltest zu ihr gehen, nicht zur Polizei."

„Ist schon okay, Ben. Es ist mir egal, was er denkt." Das stimmte. Dean Ward konnte sagen, was er wollte, aber ich wusste, dass ich gut in meinem Job war und dass er unrecht hatte. Ich hatte keine Lust, zur Polizei zu gehen. Privatdetektivin zu sein, war meine Berufung, nur hatte ich sie erst erkannt, als sie mir durch Bens Tod aufgedrängt wurde. „Sagen Sie, Dean, wann haben Sie Leah gesagt, dass eine Heirat nicht infrage kommt? Dass Sie keine

Kinder wollten? War das … oh, warten Sie … vor etwa drei Monaten?"

Deans Kopf wirbelte so schnell herum, dass ich mich wunderte, dass er sich kein Schleudertrauma zugezogen hatte. „Wer hat Ihnen das gesagt?"

„Was denken Sie denn?" Es war nicht diejenige gewesen, die er im Sinn hatte. Es war Eric gewesen, nicht Leah, der diese kleine Information preisgegeben hatte.

„Jetzt ergibt das einen Sinn." Ben nickte. „Leah hat dich bedrängt. Ihr wart seit Jahren zusammen. Es war an der Zeit, das Ganze offiziell zu machen, was? Und du bist ausgeflippt."

„Ich bin nicht ausgeflippt!", schimpfte Dean. „Ich wollte einfach nur nicht heiraten. Ich sehe keinen Sinn darin. Warum die Kuh kaufen, wenn man die Milch umsonst bekommt?"

„Ist das Ihr Ernst?" Ich schüttelte den Kopf. Was für ein Idiot.

„Was?" Er schien aufrichtig verwirrt zu sein.

Ben bewahrte mich vor einer Antwort. „In der Ehe geht es nicht um Sex. Es geht darum, sein Leben mit der Person zu teilen, die man liebt. Das ist eine bewusste Entscheidung. Das ist eine höhere Ebene einer Bindung. Das ist ein Versprechen, das man seinem Partner oder seiner Partnerin geben möchte."

„Dafür braucht man keine Heiratsurkunde."

„Nein, man *braucht* keine Heiratsurkunde. Aber manche Menschen sehen darin ein Zeichen von Zusammengehörigkeit … und das war bei Leah eindeutig der Fall. Sie war für die nächste Stufe in Ihrer Beziehung bereit."

„Blödsinn", widersprach Dean. „Ich habe zu keinem Zeitpunkt unserer Beziehung angedeutet, dass eine Heirat infrage kommt."

„Okay, aber wann haben Sie ihr das *konkret* gesagt?" Ich trank einen Schluck meines koffeinfreien Kaffees und wartete.

Deans Mundwinkel verzogen sich nach unten. „Okay. Es kam eines Abends vor etwa sechs Monaten zur Sprache. Sie sagte etwas davon, dass es an der Zeit sei, über Kinder nachzudenken, dass sie nicht jünger werde, aber vorher heiraten wolle."

„Und du hast ihr diesen Gedanken ausgeredet, nehme ich an?", fragte Ben.

„Ich habe ihr gesagt, dass eine Heirat nicht nötig sei, da wir keine Kinder haben werden." Er zuckte ungerührt mit den Schultern.

Obwohl ich Leah nicht mochte, tat sie mir in diesem Moment leid. Wie schrecklich, wenn man erkannte, dass das Leben, das man sich mit jemandem aufgebaut hatte, nicht das war, was man sich vorgestellt hatte.

„Wie hat sie es aufgenommen?", wollte ich wissen.

Dean zuckte erneut mit den Schultern. „Ganz gut, denke ich. Sie war ein paar Tage lang ziemlich schweigsam, aber dann war alles wieder ganz normal."

Ich tauschte einen Blick mit Ben aus und in dem Moment war mir alles klar. Natürlich, Leah hatte Dean getötet. Die ganze Geschichte, die sie Eric über das Abwarten und die Unterstützung für Dean in seiner schwierigen finanziellen Lage erzählt hatte, war nur ein Vorwand gewesen. Leah war eine fünfunddreißigjährige Frau, die gerade erfahren hatte, dass ihr Partner keine Kinder mit ihr haben wollte. Ihre biologische Uhr tickte. Sie würde sich nicht länger als nötig an Dean binden. Warum sie ihn nicht auf der Stelle verlassen hatte, war mir schleierhaft, aber die Wege des Herzens sind unergründlich und vielleicht war sie zu diesem Zeitpunkt immer noch in diesen Mann verliebt gewesen. Nur Gott allein wusste warum.

Und nun hatte sie Eric, der ihr völlig ergeben, bis über beide Ohren in sie verliebt und bereit war, sie zu heiraten und Kinder mit ihr zu kriegen. Vielleicht war sie vorausschauend genug gewesen, um zu wissen, dass er ihnen das Leben zur Hölle machen würde, wenn sie Dean für Eric verlassen würde. Er war diese Art von Mann. Warum sollte man ihn also nicht für immer loswerden?

Ich nickte und war überzeugt, dass Leah die Mörderin war. Nun musste ich es nur noch beweisen. Ich kippte den Rest meines koffeinfreien Kaffees hinunter, stellte den Becher in die Spüle und schnappte mir meine Tasche.

„Hey, wohin gehst du?", fragte Ben und folgte mir.

„Ins Moustache Craft Ales. Ich könnte einen Drink gebrauchen."

„Tolle Idee. Ich bin dabei." Dean kam zu uns. Und so kam es, dass ich am letzten Tag meiner koffeinfreien Woche mit zwei Geistern an einer Bar saß.

KAPITEL 13

Leah schenkte Bier aus und scherzte mit den Gästen, als ob ihr Freund nicht gerade ermordet worden wäre, was ich morbide faszinierend fand. Doch selbst ich musste zugeben, dass sie in ihrem Element war. Ihre Bewegungen waren fließend, als sie von einem Ende der Bar zum anderen huschte, vorbei an dem anderen Barkeeper, Milo, den sie mit einem schnellen Lächeln bedachte, während sie für jeden Gast ein freundliches Wort übrig hatte. Ab und zu warf sie einen Blick in meine Richtung, und ich hatte ihr von meinem Platz an der Bar aus zugelächelt und das Glas zum Gruß gehoben.

„Hey, Leah, ist Jay da?"

Ich hielt mit meinem Glas auf halbem Weg zum

Mund inne und beobachtete Megan Sullivan, die gerade an die Bar geeilt war, das lange schwarze Haar zu einem hohen Pferdeschwanz hochgesteckt. In der schwarzen Jeans und dem schwarzen, ärmellosen Rollkragenpullover sah sie verdammt cool aus und bei Weitem nicht so verzweifelt wie die junge Frau, die ich zuvor im Krankenhaus gesehen hatte. Die Leute in Firefly Bay erholten sich erstaunlich schnell von traumatischen Ereignissen.

„Er hat sich heute krank gemeldet", antwortete Leah. „Milo ist für ihn eingesprungen."

„Hey, Megan", rief ich und unterbrach ihr Gespräch. „Wie geht es Amy?"

Megans Pferdeschwanz tanzte um ihre Schultern, als sie den Kopf in meine Richtung drehte. „Oh, hi." Ihr Lächeln war genauso unecht wie Leahs. „Es geht ihr gut, aber sie behalten sie trotzdem über Nacht zur Beobachtung da."

Ich nickte und trank einen Schluck Cider, die Bläschen kitzelten meine Nase. „Das ist gut. Es hätte schlimmer enden können. Hat sie gesagt, woher sie die Drogen hat?"

Megans Mund verzog sich zu einer schmalen Linie und ihre Augen verengten sich zu Schlitzen. „Fragen Sie doch noch lauter. Als ob das die ganze Stadt wissen müsste."

„Hey, stopp." Leah sah von mir zu Megan und dann wieder zu mir und zeigte mit dem Finger auf mich. „Sie sollten meine Gäste nicht verärgern, sonst muss ich Sie bitten, zu gehen."

Ich blinzelte. „Ich bin Ihr Gast. Zumindest bezahle ich für mein Getränk. Sie hat dagegen nichts bestellt", protestierte ich.

„Megan ist eine langjährige Unterstützerin des Moustache Craft Ales", sagte Leah stolz, was Megan mit einem „Ja, genau" bekräftigte.

„Okay. Sorry, dass ich was gesagt habe", murmelte ich und trank mein Glas in einem Zug aus.

„Das war ein bisschen feindseilig", meinte Ben neben mir.

„Ich weiß, okay?", murmelte ich mit unbeweglichen Lippen.

„Kann ich Ihnen noch etwas bringen, Audrey?" Milo tauchte vor mir auf, die Hand ausgestreckt und bereit, mein leeres Glas zu nehmen.

Ich war froh, dass Leah am anderen Ende der Bar zu tun hatte und mich nicht bediente. In Anbetracht der Blicke, die sie in meine Richtung schoss, würde ich es ihr zutrauen, mir etwas in mein Getränk zu tun.

„Ja, bitte."

„Machen Sie zwei daraus." Galloway rutschte auf den Barhocker zu meiner Linken. „Was trinkst du überhaupt?" Er beugte sich zu mir, um mich zu küssen, legte dann den Arm um meine Taille und zog mich an sich, bevor er es sich neben mir bequem machte.

„Birnen-Cider." Ich hielt Milo zwei Finger hin, der daraufhin nickte und unsere Getränke vorbereitete. „Megan ist also oft hier?", fragte ich Milo, während ich mich an Galloway lehnte und die Hand auf seinen Oberschenkel legte.

„Ja." Milo warf einen Blick auf die hübsche Dunkelhaarige, die sich gerade über die Theke lehnte und sich mit Leah in gedämpftem Ton unterhielt. „Ständig. Ich glaube, sie ist in Jay verknallt. Sie ist immer nur hier, wenn er arbeitet."

„Apropos Jay", wandte ich mich an Galloway, „ist er schon wieder aufgetaucht? Leah meinte, er habe sich krankgemeldet und sei nach Hause gegangen."

Galloway zuckte mit den Schultern. „Noch nicht. Er ist nicht zu Hause, aber das muss nicht heißen, dass er nicht krank ist. Vielleicht ist er beim Arzt oder sogar im Krankenhaus."

Ben, der rechts von mir saß, beugte sich vor und fragte Galloway: „Was ist bei dem Kennzeichen herausgekommen?" Nur konnte Galloway ihn natürlich weder hören noch sehen.

„Verdammt", flüsterte ich.

„Was ist?", fragten Ben und Galloway unisono.

Anstatt ihnen zu antworten, holte ich mein Handy heraus und wischte durch die Bildergalerie, um das Foto des Kennzeichens des roten Kombis aufzurufen. Ich zeigte es Galloway. „Ich habe dieses Auto vorhin bei der Firefly Bay Brewing Company gesehen. Ich bin mir ziemlich sicher, dass es das ist, das ich hier gesehen habe … heute." Ich wollte *Drogendeal* nicht laut aussprechen, da Leah mich dann vielleicht rauswerfen würde. „Ich hatte gehofft, du könntest das Nummernschild überprüfen?"

Galloway holte sein eigenes Telefon heraus, schielte auf meines und tippte etwas ein, bevor er sein Handy wieder wegschob. „Ich bin überrascht, dass du es nicht selbst überprüft hast."

„Ich habe es vergessen." Ich zuckte mit den Schultern. Es war ein langer Tag gewesen, und noch während ich das dachte, musste ich gähnen.

Unsere Getränke kamen, Galloway bezahlte und Milo beeilte sich, einen ziemlich grob aussehenden Kerl zu bedienen.

„Prost." Galloway stieß sein Glas mit meinem an und nahm einen Schluck. „Hm, der ist gut."

„Finde ich auch."

„Ist mit Laura und dem Baby alles in Ordnung?", fragte er mit gedämpfter Stimme.

Ich war nicht dumm. Ich hörte den Unterton der Besorgnis, die unausgesprochene Frage. *Wie ging es mir?*

„Laura und dem Baby geht es gut. Grace ist einfach perfekt." Ich zeigte ihm pflichtbewusst die Fotos, die ich während meines Besuchs im Krankenhaus gemacht hatte.

„Und du? Bist du okay? Laura meinte, dass die Geburt für dich traumatisch gewesen sein könnte."

Könnte? Heiliger Strohsack, was für eine Untertreibung! Ich begegnete seinem Blick. Ich konnte weiterhin lügen und so tun, als ob alles in Ordnung wäre, oder ich konnte die Wahrheit sagen. Eine Wahrheit, die unsere Beziehung beeinflussen könnte. Möglicherweise beenden. Man musste sich nur in Erinnerung rufen, was zwischen Leah und Dean passiert war. Er wollte keine Kinder und jetzt war er tot. Okay, ein extremes Beispiel, aber wenn man die Worte einmal ausgesprochen hat, kann man sie nicht mehr zurücknehmen.

„Schatz." Galloway legte eine Hand um meinen Nacken, zog mich zu sich heran und legte seine Stirn an meine. „Was immer es ist, du kannst es mir sagen."

Ich seufzte. „Ich weiß. Es ist nur ..." Ich brach ab. Die Worte wollten einfach nicht kommen.

„Du bist dir nicht sicher, ob du eigene Kinder willst?", mutmaßte er.

Oh Mann, es war wirklich schwer, Geheimnisse zu bewahren, wenn der eigene Freund nicht nur Detective, sondern auch ein sehr intuitiver Mensch war.

„Ist das ein K.o.-Kriterium?", fragte ich leise, ohne seine Frage zu bestätigen oder zu verneinen.

„Nein." Er drückte meinen Nacken ein wenig, seine Finger strichen hinter meinem Ohr entlang. „Aber es ist auch nichts, was wir jetzt entscheiden müssen. Ich liebe dich und möchte den Rest meines Lebens mit dir verbringen. Wenn dazu auch Kinder gehören, großartig. Ich liebe Kinder. Aber wenn nicht, ist das auch in Ordnung."

Mein Herz geriet ins Schleudern und stotterte, schlug mehrere Purzelbäume und nahm dann wieder Fahrt auf. „Machst du mir gerade einen Antrag?", fragte ich keuchend und hob den Kopf, um ihm in die Augen sehen zu können.

„Noch nicht." Er grinste und dann küsste er mich. Und ich meine damit kein keusches Küsschen. Es war ein leidenschaftlicher Kuss, der meine Welt erschütterte. Sein Kuss versprach mir die Erde, den Mond und die Sterne und riss mich aus den Schuhen.

„Igitt. Öffentliche Liebesbekundungen zwischen alten Menschen sind einfach ekelhaft." Megan Sullivan verschluckte sich an ihren eigenen Worten.

Galloway brach den Kuss ab. „Alte Leute?", schnaubte er, warf einen Blick über die Schulter und sah zu, wie Megan mit wehendem Pferdeschwanz aus dem Pub stürmte, während sie rief: „Ich werde Jay finden."

Ich nahm Galloways Gesicht in meine Hände und lenkte seine Aufmerksamkeit wieder auf mich. „Sie wird Jay finden", sagte ich.

„Das habe ich gehört. Und?" Er war sichtlich verwirrt, warum das wichtig war.

„Wenn sie in ihn verknallt ist, wie Milo vermutet, dann stalkt sie ihn wahrscheinlich. Wer könnte also besser wissen, wo Jay ist, als ein Mädchen, das in ihn verknallt ist?"

Galloways Lippen kräuselten sich und ich war einen Moment lang abgelenkt.

„Du schlägst vor, dass wir ihr folgen sollen?"

Ich lenkte den Blick von seinem Mund zu seinen

Augen. „Wie bitte?" Ich holte tief Luft und vergaß, was die Frage war.

Ben lachte neben mir. „Vergesst es, Leute. Sie ist längst weg. Und würdet ihr bitte endlich mit diesen verträumten Blicken aufhören?"

„Was?", fragte ich, wobei ich den Kopf leicht drehte, den Blick aber auf Galloway gerichtet hielt.

„Was?", fragte Galloway und zog die Stirn in Falten.

„Oh. Ben ist hier", erklärte ich ihm und nahm mit einem gewissen Widerwillen die Hände von seinem Gesicht.

Galloway schaute mir über die Schulter, als könnte er Ben mit eigenen Augen sehen. Wie schön, dass er es wenigstens versuchte. Das tat er immer. Immer, wenn ich sagte, dass Ben in der Nähe war, suchte Galloway nach ihm. Das war einfach bezaubernd.

„Vielleicht könnte Ben ihr folgen und wir könnten unsere Drinks genießen?"

„Das gefällt mir." Ein Lächeln erblühte. Nach der Woche, die ich hinter mir hatte, war etwas Zeit mit Galloway genau das, was ich brauchte.

„Okay." Ben rutschte vom Barhocker, die eisige Luft in meinem Rücken zeugte von seiner

Anwesenheit. „Vergiss nicht, Galloway nach der Schanklizenz für den Pub hier zu fragen."

Oh, Mist. Das hatte ich ebenfalls vergessen. Mein Gedächtnis war so effektiv wie ein Schweizer Käse. „Mach ich." In diesem Moment bemerkte ich, dass Dean nicht mehr bei uns war. Ich schaute mich hastig um, konnte aber keine Spur von ihm entdecken. „Wo ist Dean?", fragte ich Ben.

„Ich weiß es nicht und es ist mir egal." Mit diesen Worten verschwand er und ich wandte meine Aufmerksamkeit wieder Galloway zu.

„Wir sind jetzt offiziell geistfrei", sagte ich.

„Du meinst, ich habe dich ganz für mich allein?" Sein wölfisches Grinsen ließ meine Zehen kribbeln und ich kippte fast vom Barhocker.

„Nun, du und ich und eine ganze Bar voller Leute, aber ja."

„Ich würde sagen, wir trinken aus und verschwinden." Das Funkeln in seinen Augen ließ mich erwartungsvoll aufseufzen. Ohne zu zögern, kippte ich den Rest meines Ciders so schnell hinunter, dass mir Blasen in die Nase schossen und ich das darauffolgende lange und laute Rülpsen nicht mehr zurückhalten konnte.

„Ups!"

Beschämt schlug ich mir die Hand vor den

Mund. „Es tut mir so leid. Das war so unanständig. Aber warum muss Cider auch so viel Kohlensäure haben?"

„Das war beeindruckend!", meinte Galloway lachend und trank sein eigenes Getränk ohne solche Theatralik aus.

„Oh ja", meinte Milo im Vorbeigehen. „Damit stellt sie jeden Trucker in den Schatten."

Fantastisch. Jetzt konnte ich meinem Lebenslauf hinzufügen, dass ich *rülpse wie ein Trucker*. Lebensziele. Galloway ergriff meine Hand, zog mich auf die Beine und wir gingen Hand in Hand nach Hause.

„Fitz … Fitz …" Das wiederholte Rufen meines Namens ließ mich im Schlaf grummeln.

„Geh weg." Ich zog die Decke, die Galloway über uns gezogen hatte, als wir zusammengerollt auf dem Sofa gelegen hatten, bis zum Kinn und kuschelte mich enger an seinen warmen Körper.

„Audrey Fitzgerald, wach auf!" Ben berührte meine nackte Schulter.

Ich fuhr kreischend hoch und hätte fast die

Decke verloren. Wütend griff ich nach ihr und hielt sie mir vor den Oberkörper, um meine Brust zu bedecken. Galloway und ich hatten es nicht bis zum Schlafzimmer geschafft, sondern waren in einer leidenschaftlichen Umarmung ins Wohnzimmer gestolpert und gleich dort geblieben.

„Ben!", zischte ich. „Hättest du etwas dagegen?"

„Was?", protestierte er. „Ich habe überhaupt nichts gesehen."

„Darum geht es nicht." Ich schaute mich nach meinen Sachen um und schnappte mir mein T-Shirt vom Boden.

„Was ist denn?", murmelte Galloway schläfrig. „Ist es Ben? Was will er?" Er gähnte und streckte sich und lenkte mich mit seinen Bauchmuskeln ab.

„Hör auf zu sabbern, Fitz", foppte Ben mich.

Ich wedelte mit dem Finger in der Luft herum, um ihm zu signalisieren, dass er sich umdrehen sollte, während ich mir das T-Shirt über den Kopf zog. Eine weitere kurze Suche förderte meinen Slip zutage, den ich zusammen mit meiner Jeans anzog. Dann warf ich die Decke über Galloways nackten Körper und schob mich an Ben vorbei in die Küche.

„Okay, was ist so wichtig, dass du uns unbedingt stören musstest?" Ich schenkte mir ein Glas Apfel-Mango-Saft ein – eine Neuentdeckung, die ich vor

Kurzem gemacht hatte – und trank einen Schluck, während ich darauf wartete, dass Ben mir alles erzählte.

„Ich habe nach Megan gesucht, wie es mir aufgetragen wurde …", begann er, als ich ihn unterbrach.

„Hast du sie gefunden? Hat sie Jay gefunden?"

Ben zog eine Augenbraue hoch. „Würdest du mich bitte ausreden lassen?"

Ich wedelte mit der Hand in der Luft herum, damit er fortfuhr, und nippte an meinem Saft.

„Ich habe sie nicht gefunden. Oder Jay. Ich habe keine Ahnung, wo er sich versteckt."

„Okay. Und dafür hast du mich geweckt?"

„Nein. Ich habe dich geweckt, weil ich hierher zurückkam und du … beschäftigt warst … also bin ich wieder rausgegangen, runter zur Nummer zwölf. Ich hatte dort Anfang der Woche einen Handwerker gesehen und dachte mir, ich schaue mal nach, was er so gemacht hat."

Trotz der roten Flut, die mir ins Gesicht stieg, weil Ben Galloway und mich mitten beim … *Sie wissen schon …* erwischt hatte, fand ich Bens Erzählung über die Renovierung von Nummer zwölf nicht besonders relevant. Oder unterhaltsam. Ich trank einen weiteren Schluck Saft und hoffte, dass er bald zur Sache kommen würde. Nach dem Cider und jetzt dem Saft machte sich allmählich meine Blase bemerkbar.

„Also Noel und Noelene …"

„So heißen sie? Noel und Noelene?", unterbrach ich ihn mit einem Schnauben.

„Ja, Fitz. Noel und Noelene. Kann ich jetzt fortfahren?"

„Natürlich."

„Noel und Noelene haben also gerade eine Überwachungskamera installieren lassen."

„Cool."

„Und wenn man bedenkt, dass mein Haus – dein Haus – am Ende einer Sackgasse liegt …"

„Ach so, du dachtest, dass ihre Kamera die vorbeifahrenden Autos aufgezeichnet hat." Jetzt verstand ich.

„Genau!", meinte er strahlend. „Und zu unserem Glück fängt die Kamera vor der Tür ihre Einfahrt und einen Teil der Straße ein."

„Sag mir, dass sie in der Nacht, in der Dean starb, in Betrieb war."

Er nickte. „Ja, das war sie."

„Und? Hast du dein Voodoo-Ding gemacht?" Ich ahmte die Art und Weise nach, wie er seine Hand in ein Mobiltelefon halten und die Daten ablesen konnte.

„Ja, habe ich."

Heiliger Bimbam, aber er entschied sich für die lange Variante, um zum Punkt zu kommen. „Und?", hakte ich nach.

„Nun, sie hat Dean beim Vorbeifahren aufgezeichnet, um neun Minuten nach Mitternacht."

„Ausgezeichnet. Damit haben wir den Todeszeitpunkt, ohne auf den Bericht der Gerichtsmedizin warten zu müssen. Wenn er also um null Uhr neun an Noels und Noelenes Haus vorbeigefahren ist, sollten wir ihm ein oder zwei Minuten Zeit geben, um zu parken und zu mir zu kommen. Er wurde also wahrscheinlich gegen null Uhr fünfzehn getötet, mehr oder weniger."

„Ja, so ungefähr."

„Gute Arbeit."

„Oh, ich habe noch mehr."

„Noch mehr?" Meine Augenbrauen schossen in die Höhe.

„Unmittelbar nach Deans Auto kam ein Kombi vorbei."

Ich hielt die Luft an.

„Ein roter Kombi."

„Bingo!" Ich reckte die Faust in die Luft und weckte damit Galloway auf.

„Was ist los?" Er setzte sich auf, bereit zum Handeln, die Hände in Verteidigungshaltung gegen eine noch ungesehene Bedrohung.

„Tut mir leid." Ich eilte zu ihm hinüber, setzte mich auf die Sofakante und band ihm die Decke um die Hüften, damit Ben ihm nichts wegsah. „Das war ich. Ich unterhalte mich gerade mit Ben."

Galloway streckte sich und nickte gleichzeitig. „Ich kann nicht glauben, dass wir hier unten eingeschlafen sind."

„Ich auch nicht."

„Leute? Können wir uns bitte konzentrieren?" Ben schüttelte in gespielter Verzweiflung den Kopf.

„Ben war auf einer Aufklärungsmission bei Noel und Noelene in Nummer zwölf", begann ich und erzählte Galloway, was er entdeckt hatte.

„Ein roter Kombi also? Derselbe, dessen Nummernschild ich überprüfen sollte?"

Ich zuckte mit den Schultern. „Könnte sein. Ben hat mich bereits darauf hingewiesen, dass es in Firefly Bay garantiert mehr als einen roten Kombi gibt. Trotzdem kann es kein Zufall sein, dass jemand mit einem solchen Auto Drogen bei Jay gekauft hat und beim Verlassen eines Tatorts gesehen wurde."

„Um wie viel Uhr ist er weggefahren?", fragte Galloway.

„Er fuhr um sechzehn Minuten nach Mitternacht wieder bei Noel und Noelene vorbei."

„Also ist der Mörder Dean hierher gefolgt, hat hinter ihm geparkt, ist den Rasen hinaufgegangen, hat ihm das Messer in den Rücken gerammt, ist zurück zu seinem Auto gelaufen und weggefahren. Das ist ein ziemlich kleines Zeitfenster."

„Und warum hat Dean das Auto nicht bemerkt? Oder die Scheinwerfer? Er meinte, er habe weder etwas gehört noch gesehen. Aber das würde man doch tun, oder? Es ist mitten in der Nacht, es ist still, es ist dunkel. Dann hört man doch einen Automotor und bemerkt Scheinwerfer, die die Dunkelheit durchdringen."

„Glaubst du, dass er lügt?", fragte Ben und legte den Kopf schief.

Galloway stand auf und wickelte sich die Decke um die Hüften. „Ich besorge mir einen Durchsuchungsbeschluss für das Videomaterial", meinte er und suchte in seiner Hose nach seinem Handy.

„Und das Kennzeichen?"

„Das habe ich bereits durchgegeben. Ich werde der Sache weiter nachgehen. Vielleicht können wir das Nummernschild auf den Überwachungsbildern erkennen und feststellen, ob es dasselbe Auto ist."

Zehn Minuten später hatte er seine Antworten. Ich war entsprechend beeindruckt.

„Das Auto auf dem Foto, das du mir gezeigt hast, gehört Tamara Reed, einer achtzehnjährigen Studentin", sagte Galloway, nachdem er seinen Anruf bei der Polizei von Firefly Bay beendet hatte. „Sie hat keine Vorstrafen und keine Verbindungen, die wir zu diesem Fall finden können."

„Was hat sie in dem Pub gemacht? Sie ist minderjährig."

„Sie war dort, um ihre Mutter abzuholen, die Mitglied des Buchclubs ist. Ihre Mutter musste wegen Trunkenheit am Steuer ihren Führerschein abgeben und jetzt ist ihre Tochter ihre Chauffeurin."

„Also hat jemand mit ihr gesprochen?", beharrte ich.

„Ja. Sie war es nicht, Fitz."

Ich biss mir auf die Lippe. Ich war mir so sicher gewesen, dass es der rote Kombi gewesen war, den wir suchten. Jetzt stand ich wieder am Anfang.

„Walsh hat jedoch im Straßenverkehrsamt nach roten Kombis gesucht, die in Firefly Bay zugelassen sind", fuhr Galloway fort.

Genial! Warum ist mir das nicht eingefallen? Oh, wahrscheinlich, weil ich auf Koffeinentzug bin.

Ich schaute auf meine Smartwatch, die ich jedoch nicht trug. Dann fiel mir ein, dass sie in meiner Tasche war und darauf wartete, aufgeladen zu werden. Ich beugte mich von meiner Position auf dem Sofa nach vorne und nahm mein Handy in die Hand, um auf die Uhrzeit zu schauen. Erst kurz nach dreiundzwanzig Uhr. In weniger als einer Stunde war diese blöde Wette endlich vorbei.

„Und?" Ich konzentrierte mich wieder auf Galloway.

„Er hat etwas Interessantes herausgefunden."

Ich musste laut lachen. „Komm schon, sag es. Lass mich nicht einfach so hängen."

„Megan Sullivan besitzt einen roten Kombi", antwortete er tonlos.

„Wow", flüsterte ich. Könnte Megan Dean getötet haben? War sie die Frau, die ich beobachtet hatte, wie sie Drogen von Jay gekauft hatte? Milo hatte gemeint, Megan sei besessen von Jay. War dieser Kauf nur ein Trick, um ihm näher zu kommen? Meine Gedanken wirbelten in Windeseile durcheinander.

„Wie lange dauert es, bis wir das Videomaterial von Nummer zwölf haben?"

Galloway grinste. „Immer mit der Ruhe, Fitz. Es ist schon spät. Wir müssen warten, bis ein Richter den Beschluss unterschreibt. Das wird wahrscheinlich nicht vor morgen früh passieren. Warum gehst du nicht nach oben und schläfst ein wenig? Ich fahre zum Revier, um herauszufinden, wie weit wir inzwischen sind, und schlafe dann bei mir, um dich nicht zu stören."

„Ruf mich morgen früh an", forderte ich ihn auf.

„Sobald du das Filmmaterial hast."

„Wird gemacht. Ich liebe dich."

„Ich dich auch."

Ich begleitete Galloway zur Tür, gab ihm einen dicken Kuss und schloss die Tür hinter ihm. Trotz des Nickerchens, das ich auf dem Sofa gehalten hatte, war ich in der Tat erschöpft. Und Galloway hatte recht. Heute Abend gab es nicht mehr viel zu tun. Ich würde morgen früh in alter Frische weitermachen. Endlich ausgeruht und voller Koffein.

Ich holte mein Handy vom Couchtisch, sagte Ben gute Nacht und ging nach oben, wo ich in der Tür meines Schlafzimmers bei dem Anblick innehielt, der mich erwartete. Bandit und Thor schliefen zusammen. Nicht *auf* meinem Bett, sondern *darin*. In Löffelchenstellung. Sie lagen mit dem Kopf nebeneinander auf dem Kissen und hatten die Decke bis unter die Arme gezogen. Das war das Niedlichste, was ich je gesehen hatte, vor allem, wie Thors Kinn auf Bandits Kopf ruhte und seine Pfote um ihre Schultern lag, als würde er sie beschützen.

Ich holte mein Handy heraus, schlich mich näher heran und schoss ein paar Fotos, bevor ich neben ihnen unter die Decke schlüpfte. Wenigstens waren sie auf einer Seite des Bettes geblieben und hatten Platz für mich gelassen.

KAPITEL 14

„*M*om."

Jetzt wusste ich, warum ich so müde und reizbar war. Es lag nicht nur an der Sache mit dem Kaffee. Es lag daran, dass ich ständig geweckt wurde.

„Was?", grummelte ich und drehte den Kopf, nur um Nase an Nase mit Bandit zu sein. Ich wich ein wenig zurück und schielte fast, weil die Waschbärin so nah war.

„Da sind so seltsame Geräusche."

„Was meinst du damit?", fragte ich gähnend, während ich versuchte, mich zu strecken, aber irgendetwas drückte gegen meinen unteren Rücken und hinderte mich daran, mich umzudrehen. Ich griff nach unten und meine Hände verhedderten sich in Thors Fell. So viel dazu, dass sie auf ihrer eigenen Seite des Bettes blieben.

„Da sind Geräusche. Draußen", flüsterte Bandit. Nur dass ihr Flüstern ziemlich laut war.

„Was für Geräusche?" Ich setzte mich auf und löste Bandit von mir. Thor bewegte sich kaum.

„Menschengeräusche." Bandit drehte den Kopf und zuckte mit den Ohren, während sie aufmerksam lauschte. Ich strengte mich ebenfalls an, um etwas zu hören.

„Menschengeräusche?" Was bedeutete das? „Als ob jemand draußen wäre?"

Bandit nickte und klammerte sich an meinen Arm. „Ja. Ja."

„Wach auf, Thor, Kumpel, ich muss aufstehen." Ich stieß den Kater mit dem Knie an.

Er hob den Kopf und blinzelte mich mit verschlafenen Augen an. „Ist es Zeit für das Frühstück?", fragte er.

„Nein. Komm schon, rück zur Seite. Ich muss aufstehen."

Er stand auf, streckte sich und ging dann langsam zum Fußende des Bettes, wo er sich wieder hinlegte, als wäre der kurze Weg viel zu anstrengend gewesen.

„Was ist denn los?", fragte er gähnend, bevor ihm die Augen wieder zufielen.

„Bandit hat draußen etwas gehört. Ich gehe der Sache nach."

„Okay." Und mit diesem Wort schlief er wieder ein.

„Danke für die Unterstützung", stichelte ich, warf die Decke zurück und schwang die Beine aus dem Bett.

„Ich gebe dir Rückendeckung", versicherte mir Bandit. „Was ist Rückendeckung eigentlich?", fügte sie hinzu.

Ich grinste und griff nach unten, um ihr Fell zu streicheln. „Du musst dir keine Sorgen machen, Bandit. Warum bleibst du nicht einfach hier bei Thor? Ich schaue nur kurz unten nach."

Ich wollte Bandit nicht erschrecken, aber ich war mir sicher, dass ich die quietschende Diele auf der Treppe gehört hatte. Was bedeutete, dass jemand im Haus war. Ich versuchte, mich daran zu erinnern, ob ich die Alarmanlage aktiviert hatte, nachdem Galloway gegangen war, aber ich war ziemlich müde gewesen und hatte es vielleicht vergessen. Murphys Gesetz – wenn man es einmal vergisst, wird man bestohlen. Ich schlich auf Zehenspitzen durch den Raum und schob mich durch meine

Schlafzimmertür, die ich für Bandit und Thor einen Spalt offengelassen hatte. Dann kehrte ich zurück, um mein Telefon vom Nachttisch zu holen, was mich zu einem Gedanken führte … War mein Elektroschocker noch in meiner Handtasche?

Ich schob mich erneut aus der Schlafzimmertür und schlich mit der Behutsamkeit eines Elefanten über den Flur. Wenigstens wusste ich, wo die quietschenden Dielen waren, und vermied jede einzelne davon. Am oberen Ende der Treppe zögerte ich kurz und spähte in die dunkle Leere unter mir. Null Sichtbarkeit. Ich hielt den Atem an und versuchte, das immer schneller werdende Herzklopfen zu ignorieren. War jemand im Erdgeschoss? Ich konnte es nicht sagen. Bandit hatte mich noch nie wegen Geräuschen geweckt, also glaubte ich ihr, wenn sie sagte, sie hätte jemanden gehört. Allerdings hatte sie gesagt, das Geräusch käme von draußen. War es meine überreizte Fantasie, die mich *glauben* ließ, ich hätte die Treppe knarren hören?

Die Härchen in meinem Nacken standen zu Berge. Es wäre wirklich sehr praktisch, wenn Ben jetzt hier wäre. Aber das war er nicht. Er war nachts nie hier, sondern schaute Netflix mit den Schlaflosen oder hing mit den

Nachtschichtarbeitern ab. Und Gott allein wusste, wo Dean steckte. Ich hatte ihn schon lange nicht mehr gesehen und fragte mich, ob die drei Geister ihn immer noch verfolgten.

Dann hörte ich es. Von unten kam ein deutliches kratzendes Geräusch. Ich hielt mich so nah wie möglich an der Wand und eilte die Treppe hinunter. Die Haustür war gesichert, aber der Alarm ausgeschaltet. Mit dem Rücken zur Wand schob ich mich den Flur entlang. Der offene Küchen-, Wohn- und Essbereich befand sich auf der Rückseite des Hauses und die Rückwand war komplett verglast. Ich zog selten die Jalousien zu, da ich natürliches Licht vorzog, und in diesem Moment war ich dankbar für das Mondlicht, das die Dunkelheit auflockerte. Am Ende des Flurs hielt ich im Schatten inne und lugte um die Ecke in Richtung Wohnzimmer.

Nichts. Hatte der Eindringling mich gehört und sich versteckt? Ich hielt den Atem an und wartete. Eine Minute. Zwei Minuten. Meine Lunge brannte und erinnerte mich daran, dass ich Sauerstoff brauchte. Ich ließ den Atem, den ich angehalten hatte, mit einem Zischen los und trat ins Wohnzimmer, um meine Handtasche zu holen, die ich auf einem Barhocker am Küchentresen entdeckt hatte.

Ich kramte darin herum, bis meine Finger den Elektroschocker umschlossen. Ich zog ihn heraus und hielt ihn einsatzbereit vor mich. Dann huschte ich durch die Küche, versteckte mich hinter einem Sessel und stieß die Tür zur Speisekammer auf. Nichts. Es war niemand da.

In diesem Moment spürte ich einen Windhauch im Nacken und drehte langsam den Kopf. Die Schiebetür stand offen. Nur ein wenig, aber genug, dass ich die Brise spürte.

War das das kratzende Geräusch gewesen, das ich gehört hatte? Hatte ich gehört, wie jemand die Tür zuschob? Nur dass er es eilig und die Tür nicht ganz geschlossen hatte. *Jetzt* hatte ich Angst. Ich streckte die Hand aus und legte sämtliche Lichtschalter um, sodass das gesamte untere Stockwerk meines Hauses in hellem Licht erstrahlte.

Ich ging zur Schiebetür, schloss sie ordnungsgemäß und betätigte den Schnapper, bevor ich den Griff prüfte, um sicherzugehen, dass sie fest verschlossen war. Sie war es. Dann ging ich zur Haustür und überprüfte auch diese, bevor ich die Alarmanlage einschaltete. Nur dass sie nicht reagierte. Ich gab meinen Code ein. Nichts. Keine Lichter. Sie war mausetot.

Als ich ins Wohnzimmer zurückkehrte, legte ich mein Telefon und den Elektroschocker nebeneinander auf den Couchtisch und ließ mich auf das Sofa sinken, um zu überlegen, was ich als Nächstes tun sollte. Ich war mir zu fünfundneunzig Prozent sicher, dass jemand im Haus gewesen war. Hatte er oder sie sich an der Alarmanlage zu schaffen gemacht oder war sie einfach nur defekt? Aber die große Frage war, sollte ich Galloway jetzt anrufen oder bis morgen früh warten? Die große Uhr an der Wohnzimmerwand zeigte sieben Uhr an, aber sie war schon vor Wochen auf sieben Uhr stehen geblieben und ich hatte immer wieder vergessen, Batterien dafür zu besorgen. Mein Handy zeigte an, dass es kurz nach zwei Uhr war.

Ich grübelte immer noch, während ich mich auf dem Sofa zusammenrollte, die Decke über die Beine zog, den Kopf auf das Kissen stützte und den Elektroschocker in die Hand nahm, während das Licht brannte. Das sollte sich als Pech für Amanda erweisen, die es aus irgendeinem Grund für absolut angebracht gehalten hatte, am nächsten Morgen in aller Herrgottsfrühe mein Haus zu betreten.

Ich war auf dem Sofa in einen Tiefschlaf gefallen und hatte nicht erwartet, dass ich aufwachen und jemand über mir stehen würde. Und natürlich hatte ich sie getasert. Nun sah ich entsetzt, aber auch fasziniert zu, wie sie auf dem Boden meines Wohnzimmers zuckte.

„Amanda!" Ich sprang auf, verheddrte mich aber in der Decke, stolperte und landete mit einem schmerzhaften Aufprall halb auf dem Boden, halb auf dem Couchtisch. „Autsch", murmelte ich und meine Knie schmerzten. Der Elektroschocker war mir aus der Hand gerutscht und auf den Couchtisch gefallen, wo er bedenklich auf der Kante wippte. Ich schob ihn in sicherer Entfernung weg, wobei ich die Hände so ausstreckte, als wolle ich ihm befehlen, genau dort zu bleiben. Dann wandte ich meine Aufmerksamkeit wieder meiner Schwägerin zu, die zum Glück nicht mehr krampfte.

„Amanda." Ich kroch zu ihr und verzog angesichts der harten Dielen unter meinen ohnehin schon aufgeschürften Knien das Gesicht. „Alles okay?",

„Mfrert?" Sie blinzelte und etwas Sabber lief ihr Kinn hinunter. Ich tat so, als würde ich es nicht bemerken.

„Mann, ausgerechnet du solltest es besser wissen, als dich an mich heranzuschleichen", brummte ich und fühlte mich schlecht, weil ich sie getasert hatte. Und dann wurde ich wütend, weil ich mich schlecht fühlte, weil es *nicht meine Schuld war*. „Ist nicht so schlimm. Die Wirkung lässt bald nach. Gleich geht es dir wieder gut." Ich beobachtete sie einen Moment und vergewisserte mich, dass sie angemessen atmete, bevor ich aufstand. „Wenn du wieder reden kannst, kannst du mir vielleicht sagen, was du in meinem Haus machst. Die Türen waren verschlossen. Wie bist du reingekommen?"

Sie versuchte zu antworten, brachte aber nur ein undeutliches Geräusch heraus.

„Merk dir, was du sagen wolltest", erklärte ich ihr. „Ich muss kurz auf die Toilette."

Auf dem Rückweg von der Toilette im Erdgeschoss bemerkte ich einen einzelnen Schlüssel, der akkurat auf der Kommode im Flur lag. Gestern Abend war er noch nicht da gewesen.

„Hast du einen Ersatzschlüssel für mein Haus?", schrie ich und stürmte durch den Flur ins Wohnzimmer.

Amanda hatte sich vom Boden in einen Sessel geschleppt. Ihr normalerweise glattes Haar war leicht gekräuselt und ich verkniff mir ein Grinsen. *Das geschieht dir recht.*

Dann entdeckte ich die beiden Kaffeebecher zum Mitnehmen auf der Frühstückstheke. Vielleicht würde ich ihr doch noch verzeihen.

Ich ging zu ihnen, nahm einen in die Hand und schnupperte daran. Igitt. Grüner Tee. Ekelhaft. Ich stellte ihn zurück und nahm den anderen in die Hand, um vorsichtig daran zu riechen. Ahhh. Kaffee. Ich nahm einen Schluck, wobei ich um ihretwillen hoffte, dass er nicht koffeinfrei war, trug ihren grünen Tee hinüber und stellte ihn auf den Couchtisch. Ich wusste aus Erfahrung, dass ihre Gliedmaßen wahrscheinlich immer noch kribbelten. Am besten gab ich ihr noch kein Heißgetränk in die Hand.

„Danke für den Kaffee. Ich nehme an, er ist nicht koffeinfrei?"

Sie schüttelte den Kopf.

„Großartig. Der erste Koffeinschub seit sieben Tagen. Ich habe übrigens die Wette gewonnen und du weißt, was das bedeutet, oder?" Ich ließ ihr keine Zeit für eine Antwort. „Das bedeutet keine weiteren Einmischungen in mein Leben. Deshalb müssen solche Mätzchen, wie sich selbst in mein Haus zu lassen, aufhören. Woher hast du überhaupt einen Schlüssel?"

„Ich habe mir einen nachmachen lassen", gab sie zu und räusperte sich.

Ich ließ das auf mich wirken und versuchte, nicht die Fassung zu verlieren. Ich wusste, dass Amanda das, was sie tat, aus Liebe tat, aber sie konnte manchmal *so* nervend sein.

„Grenzen, Amanda. Das geht zu weit", sagte ich schließlich.

„Das habe ich verstanden."

Ich legte den Kopf schief und sah zu, wie sie die Hände ausschüttelte. Hatte sie es wirklich verstanden? Ich hoffte es. Vielleicht hatte der unerwartete Taser den gewünschten Effekt erzielt.

„Was machst du überhaupt hier, um …" Ich nahm mein Handy in die Hand, um die Zeit zu überprüfen. Ich hätte es wissen müssen. „… sechs Uhr morgens?"

„Ich dachte, ich bringe dir einen Kaffee, um dir zu gratulieren. Du hast gewonnen. Ich hätte nicht gedacht, dass du es schaffst."

Ich kniff die Augen zusammen und überlegte, ob ich sie wieder tasern sollte.

„Nun, das habe ich. Die Wette ist vorbei. Ich habe gewonnen." Es tat gut, das zu sagen, denn die letzte Woche war die reinste Hölle gewesen. Schon jetzt kehrte die Euphorie zurück, die ich normalerweise beim Kaffeekonsum verspüre. Ich konnte praktisch spüren, wie meine Synapsen feuerten. Nach zwei Schlucken war ich bereits hellwach.

„Warum hast du hier unten bei Licht geschlafen?", fragte sie.

„Ich dachte, es gäbe einen Eindringling. Ich habe Wache gehalten."

„Ein Eindringling?", keuchte sie. „Warum hast du nicht die Polizei gerufen?"

„Ich hatte alles unter Kontrolle." Außerdem hatte ich Galloway anrufen wollen. Am Morgen. Ich hatte nur nicht damit gerechnet, dass Amanda zu so unchristlicher Zeit in mein Haus kommen würde.

„Audrey, ich glaube wirklich …", setzte sie an, aber ich unterbrach sie und wedelte mit dem Finger.

„Nein, nein, nein. Keine Einmischung."

„Aber ich darf doch noch meine Meinung sagen, oder?" Sie hüstelte kurz.

„Nein." Ich schüttelte den Kopf. „Deine Meinung beinhaltet, dass du mir sagst, was ich tun soll." Ich beugte mich vor, stützte die Ellbogen auf die Knie, überlegte es mir dann aber anders, als die Prellungen protestierten, und beugte mich weiter vor, um mein Getränk auf den Tisch zu stellen. „Ich weiß, dass du es gut meinst", begann ich. Sie öffnete den Mund, aber ich unterbrach sie erneut. „Lass mich bitte ausreden." Sie verfiel in Schweigen und sah mich an.

„Ich weiß, dass du es gut meinst, aber ich bin ein erwachsener Mensch. Ich kümmere mich schon seit Jahren um mich selbst. Ja, ich bin ungeschickt. Ich war schon immer ungeschickt. Ich werde immer ungeschickt sein. Du siehst das als eine Beeinträchtigung an. Ich sehe es als eine Eigenart. Ich muss nicht repariert werden … Ich bin nicht kaputt."

„Aber …"

„Nein", beharrte ich. Das musste aufhören.

Ihre Lippen verzogen sich zu einer geraden Linie, aber sie sagte kein Wort, griff nur nach ihrem grünen Tee und trank einen Schluck. Die nächsten fünf Minuten verbrachten wir schweigend, und es war eine Wohltat. Vor allem, weil ich wieder Kaffee bekam. An zweiter Stelle stand die Tatsache, dass Amanda nichts sagte.

Schließlich seufzte sie und stellte ihre nun leere Tasse auf den Kaffeetisch. „Ich sollte gehen", sagte sie.

„Soll ich Dustin anrufen, damit er dich abholt? Du wurdest gerade getasert. Das rüttelt einen ziemlich auf. Du solltest wahrscheinlich kein Auto fahren."

„Ich bin nicht mit dem Auto hierhergekommen. Ich bin gejoggt."

Ich blinzelte. „Du bist hierher gejoggt? Mit zwei Getränken in der Hand? Wie hast du das gemacht? Und wieso waren sie noch heiß?"

Sie wedelte mit der Hand in der Luft herum. „Ich

bin zum Café gejoggt", stellte sie klar. „Dann bin ich mit einem Uber hierher gefahren."

Oh, das ergab mehr Sinn. Das erklärte auch, warum sie Sportkleidung trug.

„Soll ich jetzt Dustin anrufen?"

„Nein, danke. Ich rufe mir einfach einen anderen Uber. Madeline und Nathaniel schlafen bestimmt noch und er müsste sie wecken, wenn er mich abholen will."

Sie bestellte den Wagen, und als dieser unterwegs war, begleitete ich sie hinaus, wobei ich den Schlüssel, den sie sich hatte nachmachen lassen und auf der Kommode im Flur abgelegt hatte, bewusst in die Hand nahm und zwischen Daumen und Zeigefinger hielt. „Den behalte ich."

Ihre Lippen verzogen sich wieder, aber sie sagte kein Wort, sondern winkte mir nur kurz zu und verließ mein Haus.

KAPITEL 15

*N*un, Ben hatte recht", sagte Galloway. „Es war definitiv ein roter Kombi, der Deans Wagen in der Nacht seines Todes zu deinem Haus folgte."

Ich quetschte mein Telefon zwischen Ohr und Schulter, während ich die Tastatur in Position brachte. Sie stand anders als sonst, was mich zu der Annahme veranlasste, dass derjenige, der letzte Nacht in meinem Haus eingedrungen war, auch in meinem Büro gewesen war. Dass er meine Sachen angefasst hatte. Allein der Gedanke daran verursachte mir eine Gänsehaut.

„Und? Konntest du das Nummernschild sehen?"

„Nein. Falscher Winkel. Aber wir haben ein Teilbild des Fahrers bekommen."

„Megan?", fragte ich.

„Tatsächlich war der- oder diejenige blond."

Ich hob den Kopf, das Telefon löste sich aus meinem Griff und fiel klappernd auf den Schreibtisch. Ich nahm es wieder auf. „Sorry. Mir ist das Telefon heruntergefallen."

„Ist alles in Ordnung?"

„Ich glaube, letzte Nacht war jemand in meinem Haus." *Lügnerin.* Ich *wusste,* dass gestern Nacht jemand in meinem Haus gewesen war.

„Wie bitte? Warum hast du mich nicht angerufen? Geht es dir gut?"

„Mir geht es gut, ehrlich. Bandit hat ihn oder sie gehört und mich geweckt. Ich glaube, der Eindringling hat mich auf dem Treppenabsatz gehört und ist abgehauen, bevor ich ihn erwischen konnte."

„Wurde etwas gestohlen?"

„Nicht, dass ich wüsste. Der einzige Hinweis findet sich in meinem Büro – die Tastatur steht nicht da, wo sie normalerweise steht, aber das könnten auch Bandit und Thor gewesen sein. Sie machen sich gerne auf meinem Schreibtisch breit."

„Ich komme vorbei."

„Das ist wirklich nicht nötig", protestierte ich, freute mich aber insgeheim. Um ehrlich zu sein, war ich ein wenig verunsichert, weil jemand in meinem Haus gewesen war, während ich oben geschlafen hatte.

„Keine Widerrede", beharrte Galloway. „Ich bin schon unterwegs."

Ich hielt es für das Mindeste, uns beiden Frühstück zu machen, und wirbelte gerade durch die Küche, als Galloway eintraf. Der Speck verbrutzelte, die Eier brannten an und der Toast hatte sich in einer Art Befreiungsschlag aus dem Toaster geschleudert und auf den Boden katapultiert, wo Thor und Bandit ihn verächtlich beschnupperten und sich weigerten, das verkohlte Opfer auch nur zu berühren.

Ich trank einen Schluck von meinem dritten Kaffee und blendete Galloway regelrecht mit meinem breiten Grinsen.

„Du siehst glücklich aus", meinte er und ignorierte die Rauchwolke in der Küche.

„Das bin ich. Sieh mal!" Ich hob meinen Becher. „Kaffee."

„Wie viele hast du schon getrunken?"

„Spielt das eine Rolle?"

„Ganz und gar nicht." Dann sah er den Elektroschocker auf dem Couchtisch und erstarrte. „Gibt es vielleicht etwas, das du mir sagen willst?"

Ich öffnete den Mund, aber bevor ich etwas sagen konnte, ging der Rauchmelder los. Ich schaltete den Herd aus, eilte zur Hintertür und schob sie auf, sodass frische Luft hereinwehte und der Rauch vertrieben wurde. Galloway stellte sich mit einem Handtuch unter den Detektor und fächelte ihm Luft zu, bis der Alarm schließlich verstummte.

„Meine Güte, versuchst du etwa wieder, zu kochen, Fitz?" Ben erschien und wedelte mit einer Hand vor dem Gesicht herum.

„Ha ha." Ich legte verbrannte Eier und extra knusprigem Speck auf zwei Teller, steckte mehr Brot in den Toaster und stellte ihn so ein, dass er nicht anbrannte, und brachte ihn dann so in Position, dass der Toast hoffentlich auf dem Tresen und nicht auf dem Boden landete.

„Gut, jetzt, wo ihr beide hier seid, kann ich es euch gleichzeitig erzählen." Ich trug die Teller zum Esstisch, holte das Besteck und setzte mich Galloway gegenüber, der, Gott sei Dank, mit gespielter Begeisterung auf den Teller starrte.

„Ben ist hier?", fragte Galloway und versuchte, den Speck zu schneiden, aber er zerbröselte unter seinem Besteck. Also gab er es auf und benutzte die Finger, wobei es laut knirschte.

„Mmh." Ich tat es ihm gleich, nahm einen Streifen Speck in die Hand und knabberte am Ende. Er war wirklich knusprig … Und zäh … Und möglicherweise ungenießbar.

„Also, letzte Nacht ist jemand ins Haus eingedrungen. Ich habe zwar niemanden gesehen, aber gehört. Zumindest glaube ich das. Die Hintertür stand einen Spalt offen. Und die Alarmanlage funktionierte nicht."

„Nicht?" Ben schoss los, um sie zu untersuchen, während Galloway einen Mund voll verbrannter Eier nahm und tapfer versuchte, alles hinunterzuschlucken.

Ich streckte die Hand aus und berührte sein Handgelenk. „Du musst das nicht essen. Ich weiß, dass ich nicht die beste Köchin der Welt bin, allerdings bekomme ich Speck und Eier normalerweise hin. Aber ich weiß, dass das hier ziemlich ungenießbar ist. Ich bin also nicht beleidigt, wenn du es nicht isst."

„Warum liegt dein Elektroschocker auf dem Couchtisch?", fragte er, während er sich eine Ladung vermeintlicher Leckereien in den Mund stopfte.

„Ich habe ihn aus der Tasche geholt, als ich nach dem Eindringling gesucht habe", meinte ich und zuckte mit den Schultern. „Und dann habe ich versehentlich Amanda getasert", fügte ich hinzu.

Er spuckte seine Eier über seinem Teller aus und starrte mich entsetzt an. „Das tut mir wirklich leid." Er verschluckte sich.

„Ist schon gut", meinte ich grinsend. „Ich habe schon Schlimmeres getan."

Er machte eine Bewegung, als ob er das schreckliche Frühstück, das ich ihm serviert hatte, weiter essen wollte, also schob ich den Teller einfach weg, als der Toast aus dem Toaster flog. Diesmal flog er durch die Luft und landete auf dem Tresen. Ein Hoch auf kleine Erfolge.

„Wie wär's mit Toast?", schlug ich vor und trug unsere Teller zurück zur Spüle.

„Lass mich helfen. Währenddessen erzählst du mir, wie du Amanda versehentlich getasert hast", meinte er hinter mir. Nachdem er die Toasts mit Butter bestrichen hatte, reichte er mir eine Scheibe, während ich ihm erzählte, was sich vorhin mit Amanda zugetragen hatte.

In der Zwischenzeit war Ben zurückgekehrt, und wenn Geister pinkeln könnten, hätte er sich vor Lachen in die Hose gemacht.

„Also hast du den Schlüssel wieder?", fragte Ben, nachdem er sich ein wenig beruhigt hatte.

„Ja. Und ich glaube, dass Amanda und ich uns endlich geeinigt haben." Bei Gott, das hoffte ich wirklich. „Was ist mit der Alarmanlage? Habe ich eine Sicherung herausgeworfen oder so etwas?"

Ben wurde plötzlich ernst. „Schlechte Nachrichten. Die Drähte wurden gekappt."

„Was?", krächzte ich.

„Was ist los?" Galloway hatte mir den Rücken zugewandt, während er noch mehr Toasts geschmiert hatte, wirbelte nun aber herum und ließ den Blick durch den Raum schweifen.

„Ben hat mir gerade gesagt, dass die Kabel meiner Alarmanlage durchgeschnitten wurden."

„Zeig es mir", forderte Galloway.

„Zeig es mir", wiederholte ich Ben gegenüber. Zu dritt gingen wir nach draußen, um zu sehen, dass irgendein Halunke tatsächlich die Drähte durchgeschnitten hatte.

„Was schaut ihr euch denn da an?", fragte Dean, als wir uns gerade um die Plastikbox versammelt hatten, die an der Seite meines Hauses angebracht war.

„Jemand hat die Drähte meiner Alarmanlage durchgeschnitten", sagte ich ihm. „Wo sind Sie eigentlich gewesen?"

Er zuckte mit den Schultern. „Überall und

nirgends."

Ich sah ihn einen Moment lang an. Er wirkte verändert. Aufgewühlt. Ich war mir nicht sicher, ob ich mir das einbildete oder nicht, und trieb alle zurück ins Haus. Obwohl niemand nebenan wohnte, wollte ich nicht riskieren, dass ein Passant mich mit Geistern sprechen sah.

„Okay. Dean, ich bringe Sie kurz auf den neuesten Stand. Wir haben Aufnahmen einer Überwachungskamera, die zeigen, dass Ihnen in der Nacht, in der Sie starben, ein roter Kombi gefolgt ist. Ist Ihnen ein anderes Auto aufgefallen?"

Er schüttelte den Kopf. „Nein." Aber er sah mir nicht in die Augen. Log er? Ich war mir ziemlich sicher, dass er das tat, aber ich wusste nicht, warum.

„Ist ziemlich schwer zu übersehen", meinte Galloway, obwohl er Dean weder sehen noch hören konnte. „Mitten in der Nacht. Ein Automotor. Scheinwerfer. Wir wissen, dass die Scheinwerfer eingeschaltet waren. Wir haben sie auf den Überwachungsbildern gesehen."

„Möchten Sie Ihre Antwort revidieren, Dean?"

Nichts. Er blieb stumm.

„Der Fahrer war blond", fuhr ich fort.

Er zuckte sichtlich zusammen. Er wusste es! Er wusste die ganze Zeit, dass es Leah war.

Und genau das sagte ich auch laut. „Sie haben überhaupt keine Amnesie." Ich zeigte mit dem Finger auf ihn und erhob die Stimme. „Sie wussten die ganze Zeit, dass es Leah war, die Sie getötet hat."

Er fuchtelte mit den Armen herum, als wüsste er nicht, was er damit anfangen sollte, und rief dann: „Okay! Gut, ich gebe es zu. Ich vermutete, dass es Leah war. Ich hörte ein Auto und sah das Aufleuchten von Scheinwerfern, aber sie verschwanden, bevor sie Ihr Haus erreichten, also dachte ich, es wäre ein Nachbar, der nach Hause kam."

„Warum haben Sie dann vermutet, dass es Leah war?"

„Eine blonde Haarsträhne in meinem peripheren Blickfeld. Bevor ich mich umdrehen konnte, steckte das Messer in meinem Rücken und ich lag mit dem Gesicht nach unten auf Ihrem Rasen."

Jetzt war ich an der Reihe, die Arme in die Luft zu werfen. „Warum um alles in der Welt haben Sie uns das nicht gleich gesagt und uns diesen ganzen Ärger erspart?"

„Weil ich es nicht glauben wollte. Ich wollte nicht glauben, dass Leah mir das antun könnte."

Ich biss mir auf die Lippe. „In Ordnung."

Galloway stupste mich an. „Was geht hier vor sich?"

„Dean sagt, er habe eine blonde Haarsträhne in seinem peripheren Blickfeld gesehen, kurz bevor er getötet wurde. Er hat uns nichts davon gesagt, weil er nicht glauben wollte, dass seine Freundin eine Mörderin ist. Oh, und er hat einen Automotor gehört und Scheinwerfer gesehen, aber sie haben vor meinem Haus angehalten, weshalb er dachte, es wäre ein Nachbar, der gerade nach Hause kam."

„Wenn die ganze Sache mit dem Gedächtnisverlust gelogen war, warum kam er dann zu dir?", fragte Galloway.

„Eine ausgezeichnete Frage." Ich verschränkte die Arme und starrte Dean an. „Nun?"

Er seufzte. „Ich wollte, dass Sie herausfinden, wer in meinem Pub mit Drogen handelt. Diese Nummer, die Sie auf meinem Handy gefunden haben? Ich habe sie auf eine Serviette gekritzelt gefunden, zusammen mit einer leeren Tüte, die in den Mülleimer der Herrentoilette gesteckt worden war."

„Wer hat sich gemeldet, als du die Nummer angerufen hast?", wollte Ben wissen.

„Niemand. Es herrschte Schweigen, als ob jemand darauf wartete, dass ich zuerst etwas sage."

„Und haben Sie das getan?"

„Außer *Hallo? Ist jemand dran?* Nein. Ich nahm an, dass er oder sie auf ein Codewort oder etwas anderes wartete, um die eigene Identität nicht zu verraten, also legte ich auf. Da beschloss ich, Ihnen alles zu sagen, was ich wusste, damit Sie sich um die Sache kümmerten."

Ich wiederholte für Galloway, was Dean gesagt hatte.

„Dean hatte also den Verdacht, dass jemand bei Mustache Craft Ales Drogen verkauft, und wollte dich engagieren, um herauszufinden, wer es war. Aber er wurde getötet, bevor er das tun konnte." Er hielt inne, sah mich an … und irgendwie auch nicht. Sein Blick ging zwar in meine Richtung, aber seine Gedanken waren kilometerweit entfernt. „Hat Dean jemandem von seinem Verdacht erzählt? Offensichtlich wusste der Mörder – von dem wir annehmen, dass er hinter den Drogen steckt –, dass er es wusste, und wollte ihn davon abhalten, es publik zu machen."

„Nein, ich habe niemandem davon erzählt", sagte Dean.

„Er sagt nein", übersetzte ich.

„Es muss also jemand an diesem Abend in der Bar gewesen sein", vermutete Galloway.

„Es muss Leah sein", antwortete ich.

„Wahrscheinlich wusste sie, dass Megan scharf auf Jay war und ihm wie ein liebeskrankes Hündchen nachstellte. Also *lieh* sie sich ihr Auto, folgte Dean, tötete ihn und brachte das Auto zurück, ohne dass jemand es bemerkte."

„Aber warum sollte sie Jay schützen? Es sei denn, sie hängt in der Sache mit drin."

„Gute Frage. Und? Wir reden mit ihr, oder?"

„Korrekt. Aber bevor wir gehen, solltest du vielleicht noch die Tiere füttern." Er schaute zu den Futternäpfen und ich folgte seinem Blick, um Thor zu sehen, der mit dem Gesicht voran in seinem Futternapf lag und schlief.

„Oh Mann, aber er macht die niedlichsten Sachen", flüsterte ich, zückte mein Handy und schoss ein weiteres Foto. „Ich reiche das bei diesem Wettbewerb für lustige Haustierbilder ein."

„Aha. Und was genau ist das?"

„Das ist ein Wettbewerb, der von Animal Antics veranstaltet wird. Es ist eine Benefizveranstaltung für ein Tierheim. Der Gewinner bekommt einen Tropenurlaub mit seinem Haustier in der Wild Haven Lagoon geschenkt."

Galloway grinste. „Wie nett."

„Nicht, dass ich erwarte zu gewinnen, aber er ist so süß." Ich beugte mich vor und kraulte Thor unter dem Kinn. Er drehte sich sofort um und begann zu schnurren, bevor er ein Auge zukniff und murmelte: „Wo ist mein Frühstück?"

Nachdem ich Thors und Bandits Näpfe mit ihrer morgendlichen Futterration gefüllt hatte, stieg ich zu Galloway ins Auto und wir fuhren gemeinsam zu Leahs Haus. Nur dass sie nicht zu Hause war. Also versuchten wir es bei Eric und tatsächlich stand ihr Auto in der Einfahrt neben Megans rotem Kombi.

„Kein Grund mehr für Heimlichkeiten, was?", sagte ich, als ich aus dem Auto stieg und neben Galloway zur Haustür ging.

„Vermutlich nicht", sagte er, klingelte und trat zurück, um zu warten.

Megan öffnete die Tür, sah uns von oben bis unten an und verzog den Mund. „Was?", grinste sie. Ich warf einen Blick auf Galloway, der seinen Ausweis vorgezeigt hatte.

„Megan Sullivan? Ich bin Detective Kade Galloway. Das ist Audrey Fitzgerald. Dürfen wir reinkommen?"

Das Grinsen verwandelte sich in eine flache Grimasse. „Wenn es sein muss." Sie drehte sich weg und überließ es uns, ihr zu folgen.

„Was wollen Sie?" Sie stand in der Mitte des Wohnzimmers, die Arme vor der Brust verschränkt.

Ihr offenes, dunkles Haar fiel ihr kerzengerade über Schultern und Rücken. Heute trug sie keinen Lippenstift, aber ihre Augen waren mit schwarzem Kajal umrandet und ihr Minirock und ihr bauchfreies Top, gepaart mit Doc Martins – wer trug heutzutage noch Doc Martins? – ließen sie wie eine Erinnerung an die Achtzigerjahre aussehen. Angeblich kamen Modetrends ja immer wieder, und wenn ich mir Megan so ansah, würde ich dem definitiv zustimmen.

„Ich nehme an, der rote Kombi in der Einfahrt gehört Ihnen?", fragte Galloway.

„Ja. Und?"

„Fährt sonst noch jemand diesen Wagen?"

Sie warf das Haar zurück. „Nein. Warum?"

„Wir haben Videoaufnahmen, auf denen eine blonde Person zu sehen ist, die in der Nacht des 18. Oktobers Ihr Auto fuhr."

Sie runzelte die Stirn und kniff die Augen zusammen. „Auf keinen Fall." Aber ihre Worte hatten keinen Biss mehr und man konnte praktisch sehen, wie sich die Rädchen in ihrem Kopf drehten. Dann: „Diese blöde Kuh!"

Sie stürmte aus dem Zimmer und rief: „Leah! Du hast mein Auto gestohlen, du Sch…"

„Hey!", rief Eric vom Treppenabsatz aus. „Was soll das Gebrüll? Was geht hier vor sich?"

„Deine blöde Kuh von Freundin hat mein Auto gestohlen", wetterte Megan und hielt auf halber Höhe der Treppe inne.

Leah tauchte hinter Eric auf. „Was ist denn los?"

Galloway und ich standen in der Diele und sahen dem Treiben schweigend zu.

„Du hast mein Auto gestohlen." Megan setzte sich wieder in Bewegung, nahm nun zwei Stufen auf einmal und kam Leah schnell näher.

Leah schob Eric zwischen die junge Frau und sich. „Ich habe dein Auto nicht gestohlen. Es steht in der Einfahrt. Ich weiß wirklich nicht, wovon du redest."

„Nicht jetzt, du blöde Kuh", schimpfte Megan. „Am achtzehnten." Sie wirbelte herum und starrte Galloway an. „Ich nehme an, das ist die Nacht, in der Dean starb, richtig?"

„Korrekt."

Leah schnappte nach Luft. „Ich habe dein Auto nicht gestohlen. Warum sollte ich? Ich habe noch nicht einmal in deinem Auto gesessen."

„Lügnerin", schimpfte Megan. „Dir glaubt sowieso niemand mehr. Du bist nichts weiter als eine Betrügerin."

„Megan", flehte Eric und legte eine Hand auf Megans Schulter, die sie jedoch abschüttelte. „Leah hat dein Auto nicht genommen."

Sie schnaubte. „Woher willst du das wissen?"

„Weil sie in dieser Nacht bei mir war."

Megan reckte das Kinn in die Luft. „Beweis es."

Ich war ganz Ohr. *Na los, Eric, beweis es.* Obwohl Leah und er sich gegenseitig ein Alibi gaben, konnte keiner von ihnen etwas beweisen.

„Ich kann das tatsächlich beweisen", sagte Leah. Eric sah sie über die Schulter an und schüttelte leicht den Kopf. „Was denn? Ja, ich weiß, dass wir uns das alles anders vorgestellt haben, aber jetzt, wo die Wahrheit raus ist, können wir sie auch zu unseren Gunsten nutzen."

„Wollen Sie damit sagen, dass Sie Beweise dafür haben, dass Eric und Sie in der Nacht von Deans Tod zusammen waren?", fragte Galloway mit seiner Polizistenstimme, die ich so liebte. Jetzt musste er nur noch seine Handschellen rausholen und ich wäre im siebten Himmel.

„Hier." Leah trat vorsichtig um Eric und Megan herum, als würde sie erwarten, dass die junge Frau ihr jeden Moment an die Gurgel gehen würde. Als Megan wie angewurzelt stehen blieb, eilte Leah mit ausgestrecktem Telefon die Treppe hinunter.

Galloway nahm es und ich reckte den Hals, um einen Blick darauf zu werfen. Oh, wie anzüglich. Ein Selfie aus dem Schlafzimmer. Leah und Eric zusammen im Bett. Zum Glück wurden die wichtigsten Stellen verdeckt.

„Das hätte jederzeit aufgenommen werden können", sagte ich.

„Aber das wurde es nicht. Es stammt aus dieser Nacht. Überprüfen Sie die Metadaten."

„Ich werde Ihr Telefon vorerst behalten müssen, während wir Ihre Geschichte überprüfen." Galloway steckte das Handy in seine Tasche.

„Das ist in Ordnung."

„Ist das alles?", fragte Eric, der den Arm um die Schultern seiner Tochter legte, während sie vom Treppenabsatz auf uns hinunterschauten.

„Nein, ist es nicht", antwortete Galloway. „Megan, ich muss Ihr Auto beschlagnahmen, damit die Spurensicherung es untersuchen kann."

„Das können Sie nicht tun!", protestierte sie aufgebracht.

„Ihr Auto wurde am Tatort eines Verbrechens gesehen. Wenn Sie nicht damit gefahren sind und Leah auch nicht, wer war es dann?"

„Ich weiß es nicht."

„Und deshalb brauchen wir die

Kriminaltechniker. Sie können Fingerabdrücke und Haarproben nehmen und uns helfen, den Fahrer zu identifizieren."

„Das ist so unfair." Sie stürmte davon, und eine Sekunde später schlug eine Tür zu.

Eric ging die Treppe hinunter und kam zu uns in die Diele. „Lassen Sie uns das im Wohnzimmer besprechen, ja?"

Galloway ging voran, ich bildete das Schlusslicht. Wenn die Metadaten des Telefons korrekt waren, hatte nicht Leah Megans Auto gefahren.

Im Wohnzimmer angekommen, hielt Eric mit Leah Händchen. Ihre Finger waren ineinander verschlungen. „Sie sagen also, der Mörder habe Megans Auto gestohlen. Wozu? Um Dean hinterherzufahren und ihn zu töten?"

„Megans Auto hat Dean in der Nacht seines Todes verfolgt, ja," bestätigte Galloway.

„Warum haben Sie uns das Foto nicht schon früher gezeigt?", fragte ich Leah. „Sie wussten doch, dass Sie damit Ihre Unschuld beweisen konnten."

Sie zuckte mit den Schultern. „Als ob ich das da publik machen wollte. Das ist privat."

„Ich könnte Sie wegen Behinderung einer laufenden Untersuchung belangen", erklärte Galloway ihr. Jede Farbe wich aus Leahs Gesicht.

„Gibt es noch etwas, das Sie uns bisher verschwiegen haben?"

Sie schüttelte vehement den Kopf. „Nein. Ich bin direkt von der Arbeit hergekommen. Dean war noch im Pub – er blieb oft noch lange nach der Sperrstunde allein dort und kam erst in den frühen Morgenstunden nach Hause. Also wusste ich, dass ich noch ein oder zwei Stunden Zeit hatte, bevor ich nach Hause musste."

Wir wurden durch Galloways Telefon unterbrochen. Er schaute auf den Bildschirm und warf mir einen Blick zu, bevor er das Gespräch annahm. „Galloway."

Ich konnte nicht hören, was gesagt wurde, aber mir entging nicht, wie sich seine Lippen zu einer harten Linie zusammenzogen und er müde den Kopf schüttelte. „Ja, okay. Danke für die Information. Stellen Sie jemanden im Krankenhaus ab."

Er legte auf, dachte kurz nach und sagte dann zu Eric und Leah: „Wir glauben, dass der Mörder Zugriff auf Megans Auto hatte. Ich lasse ihn von einem Abschleppwagen abholen. Bitte sorgen Sie dafür, dass sie es in der Zwischenzeit nicht benutzen. Außerdem wird die Kriminaltechnik die Metadaten auf Ihrem Telefon überprüfen. Ich sorge dafür, dass Sie es so schnell wie möglich zurückbekommen."

„Sie glauben doch nicht, dass Megan etwas damit zu tun hat, oder?", fragte Eric mit schmerzverzerrtem Gesicht.

Ich könnte mir vorstellen, dass Megan ziemlich anstrengend war. Als alleinerziehender Vater musste das eine Herausforderung sein, vor allem jetzt, da bekannt wurde, dass es eine neue Frau in seinem Leben gab.

„Wir können es nicht ausschließen."

Ich schaute von ihm zu Eric und wieder zurück. War Megan in den Mord verwickelt? Der Gedanke war mir bisher nicht gekommen. Ich war davon ausgegangen, dass sie in Jay verknallt war, und dass sie vielleicht mehr wusste, als sie zugeben wollte. Aber nur in Bezug auf die Drogen. Ich bezweifelte ernsthaft, dass sie etwas mit Deans Tod zu tun hatte. Diese Vorstellung schien mir absurd.

Als wir wieder im Auto saßen, schnallte ich mich an und fragte: „Was war das mit dem Krankenhaus? Ist etwas passiert?"

„Jay Byrne wurde gerade vor der Notaufnahme abgesetzt."

„Wie bitte? Geht es ihm gut?"

„Er ist bewusstlos. Er wurde übel zusammengeschlagen."

Ich blinzelte. *Wow.* „Die Lage spitzt sich zu."

❦

KAPITEL 16

„Oh mein Gott, Bandit, was ist passiert?" Ich nahm die Waschbärin hastig auf den Arm und strich ihr mit den Fingern das blutverschmierte Fell aus der Stirn.

„Unsere neuen Nachbarn mögen mich nicht", jammerte sie, steckte den Kopf zwischen meinen Hals und meine Schulter und kuschelte sich an mich, als könne sie nicht nah genug herankommen.

„Haben sie dir wehgetan?" Wut stieg in mir hoch. Wie konnte man es wagen, einem so schönen, wehrlosen Geschöpf wehzutun?

„Sie haben einen Stein nach ihr geworfen", sagte Thor, der zu meinen Füßen saß. Seine orangefarbenen Augen waren voller Sorge um seine Freundin.

„Lass mich mal sehen. Wir müssen das sauber machen."

„Ich will nicht zum Tierarzt!", kreischte Bandit und grub die Krallen in meinen Rücken.

„Entspann dich, entspann dich. Lass mich erst mal sehen, okay? Es ist nicht sehr viel Blut. Lass mich die Wunde zuerst mit einem Waschlappen reinigen. Vielleicht ist es ja nur ein Kratzer." Vielleicht bluteten bei Tieren Kopfwunden ja auch so stark wie bei Menschen.

Ich trug sie ins Badezimmer, setzte sie auf den Waschtisch und ignorierte das Blut, mit dem sie mich beschmiert hatte. Stattdessen hielt ich einen Waschlappen unter den Wasserhahn, bevor ich die Wunde über ihrem Auge vorsichtig abtupfte.

„Ja ... so schlimm ist es nicht. Nur ein Kratzer", beruhigte ich sie, nachdem ich den Schaden begutachtet hatte. Und das stimmte. Ein anderthalb langer Zentimeter Kratzer über ihrem rechten Auge. Doch es spielte keine Rolle, wie schlimm ihre Wunde war. Was zählte, war, dass jemand – offenbar mein neuer Nachbar – absichtlich einen Stein geworfen hatte, um sie zu verletzen. Und das würde ich nicht dulden.

„Ihr zwei bleibt hier. Ich werde mal ein paar Takte mit unserem Nachbarn sprechen."

„Vielleicht solltest du auf Galloway warten", schlug Thor vor. „Diese Leute sind sehr seltsam."

„Sie können nicht seltsamer sein als Mrs Hill", widersprach ich, während ich mich an meinen Zusammenstoß mit der älteren Frau und an die Tatsache erinnerte, dass sie mich mit Grünrinde vergiftet hatte.

„Wann sind sie eigentlich eingezogen? Ich habe nie einen Umzugswagen gesehen."

Thor zuckte mit einem Ohr. „Keine Ahnung. Aber es gibt viele komische Geräusche und Gerüche."

„Ekelhafte Gerüche", fügte Bandit nickend hinzu.

„Und sie verstecken sich, wenn sie dich sehen", fügte Thor hinzu.

„Was? Sie verstecken sich, wenn sie mich sehen?"

„Mmhmm." Ein weiteres Ohrzucken. „Sie lassen die Jalousien die ganze Zeit geschlossen, aber wenn dein Auto näher kommt, schalten sie auch das Licht aus."

„Wie seltsam."

„Vielleicht sollten wir zuerst Ben dorthin schicken?", schlug Thor vor. Er schien wirklich sehr besorgt darüber zu sein, dass ich allein rübergehen wollte. Vermutlich war der arme Kerl von meiner Nahtoderfahrung traumatisiert, die ich gehabt hatte, als ich das letzte Mal einen Fuß in dieses Haus gesetzt hatte.

„Er kann aber nicht reinkommen, schon vergessen? Mrs Hill hat eine Art Zauber auf das Haus gelegt, und obwohl sie nicht mehr dort wohnt, kann er es nicht betreten."

„Vielleicht müssen wir sie töten, um den Bann zu brechen", murmelte Thor und ich starrte meinen Kater entsetzt an. Hatte ich ihn richtig verstanden? Er bemerkte, dass ich ihn fragend ansah, und zuckte mit der Nase. „War ein Scherz."

Aber war dem wirklich so? Wie auch immer, es war eine rein rhetorische Frage. Mrs Hill wohnte nicht mehr dort. *Nicht*, dass ich die Absicht gehabt hätte, sie zu töten.

„Was ist los?" Ben tauchte auf, bemerkte das Blut an meinem Hals und meiner Bluse und ging sofort in den Überfürsorgemodus über. „Wer hat dich verletzt? Wo ist er? Ich werde dafür sorgen, dass er sich wünscht, nie geboren worden zu sein!"

„Beruhige dich. Es ist nicht mein Blut. Es stammt von Bandit." Ich nickte in Richtung der Waschbärin, die jetzt auf den Hinterbeinen stand, im oberen Regal über dem Waschbecken herumschnüffelte und ihr Trauma bereits vergessen hatte.

„Was ist passiert?"

„Offenbar haben wir neue Nachbarn und einer von ihnen hat einen Stein nach Bandit geworfen", erklärte ich. Allein, dass ich es laut aussprach, brachte mein Blut in Wallung. „Ich werde jetzt rübergehen und ihnen meine Meinung sagen."

Was folgte, war eine zehnminütige Debatte mit einem Kater und einem Geist über die Vorzüge, sich unserem neuen A-Loch-Nachbarn ohne Verstärkung zu nähern. Schließlich gab ich nach und steckte den Elektroschocker in meinen Hosenbund. Dann zog ich meine Bluse darüber und konnte nur hoffen, dass ich mir nicht aus Versehen einen Schlag in den Hintern verpasste.

„Ich sollte wohl mein Oberteil wechseln", sagte ich, während ich den blutigen Waschlappen auswusch und mir über den Hals fuhr.

„Nein, lass es. Das schindet Eindruck", sagte Thor und betrachtete die Blutflecken mit Wohlwollen.

„Ich gehe nicht dorthin, um sie zu bedrohen", protestierte ich. „Ich will sie vielmehr über den Umgang mit Tieren und darüber aufklären, dass Bandit kein Wildtier, sondern mein Haustier ist."

„Vielleicht sollten wir auf Galloway warten", sagte Ben nicht zum ersten Mal. „Wo ist er überhaupt?"

„Im Krankenhaus. Jemand hat Jay Byrne übel

zugerichtet. Er wartet darauf, dass er aufwacht, um seine Aussage aufzunehmen. Wie dem auch sei, ich muss nicht auf Galloway warten. Ich bin eine erwachsene Frau, die auf sich selbst aufpassen kann. Leute, das ist nur ein neuer Nachbar, dem ich mich vorstellen will. Und den ich darauf hinweisen möchte, dass es Gesetze gegen Tierquälerei gibt. Habt doch einfach ein bisschen Vertrauen."

Ich machte mich auf den Weg zur Haustür, mein Gefolge im Schlepptau. Ich blieb mit der Hand auf dem Türknauf stehen. „Thor und Bandit, es ist vielleicht besser, wenn ihr drinnen bleibt. Außer Sichtweite. Nur so lange, bis ich die Gelegenheit hatte, einen Eindruck von diesen Leuten zu bekommen."

„Gute Idee", stimmte Ben zu. „Ich fühle mich nur unwohl, weil ich nicht mitkommen kann."

„Das ist es nicht, was dich beunruhigt. Was dich beunruhigt, ist der Gedanke, dass du überhaupt nicht dort hinein kannst. Du kannst nicht im Voraus auskundschaften, ob ich in Gefahr gerate. Das ist es, was dich stört."

„Du hast wahrscheinlich recht", räumte er seufzend ein.

„Ich habe immer recht", meinte ich grinsend und

huschte durch die Haustür. Als ich die Einfahrt überquerte, betrat ich den Rasen und blieb kurz stehen, weil ich mich an das letzte Mal erinnerte, als ich auf diesem Grün gestanden hatte. Mrs Hill hatte mich vergiftet und töten wollen. Wenn Ben, Thor und Galloway nicht gewesen wären, wäre ihr das auch gelungen.

Hastig schob ich diesen Gedanken beiseite und ging weiter. Das war lächerlich. Sie waren einfach nur Menschen. Neue Nachbarn. Ich fragte mich, woher sie wohl kamen. Das Haus hatte monatelang leer gestanden und es hatte kein Verkaufsschild oder Ähnliches gegeben. Hatten sie es gekauft oder gemietet? Waren sie jung oder alt? Wie viele waren es? Thor hatte gesagt, dass sie sehr still waren und das Licht ausmachten, wenn ich in der Nähe war, was seltsam war. Aber vielleicht waren sie auch nur sehr zurückhaltend.

Als ich die Haustür erreichte, hob ich die Faust und klopfte an, dann trat ich zurück, um zu warten. Nichts. Keine Geräusche von Schritten aus dem Inneren. Keine Geräusche von irgendetwas. Wenn Thor und Bandit mir nicht gesagt hätten, dass hier jemand wohnte, hätte ich gedacht, das Haus stünde leer. Und in diesem Moment bahnte sich ein eisiges

Rinnsal zwischen meinen Schulterblättern seinen Weg und die Haare auf meinen Armen stellten sich auf. Wo könnte man besser ein Drogenlabor einrichten als in einem leer stehenden Haus?

Ich zog mein Handy aus der Gesäßtasche und rief Galloway an. Doch es meldete sich nur die Mailbox und ich zögerte kurz, bevor ich flüsterte: „Ich bin nebenan. Bei meinem Nachbarn, nicht bei deinem. Thor und Bandit sagen, ich habe neue Nachbarn, und einer von ihnen hat einen Stein nach Bandit geworfen und sie verletzt. Aber es geht ihr gut", fügte ich schnell hinzu. „Jedenfalls bin ich rüber gegangen, um … *mich vorzustellen,* und da kam mir dieser Gedanke. Was, wenn …" Piep. Mist. Die Aufnahmezeit war abgelaufen. Ich wählte erneut seine Nummer und wartete auf die Mailbox, bevor ich fortfuhr: „Was ist, wenn jemand Mrs Hills altes Haus als Drogenlabor nutzt? Wie nennt ihr eigentlich die Herstellung von Drogen? Kochen? Backen? Obwohl ich es sicher riechen würde, wenn es Marihuana wäre. Allerdings haben Thor und Bandit gesagt, dass es komisch riecht, aber das kann doch alles Mögliche sein, oder? Wie auch immer, ich bin nebenan. Es ist niemand zu Hause, also …" Piep.

Ich steckte das Telefon wieder in die Gesäßtasche und kehrte in mein eigenes Haus zurück.

„Und? Was haben sie gesagt?", fragte Ben, der in meiner Einfahrt auf und ab schwebte.

„Nichts. Es ist niemand zu Hause. Aber mir kam da so ein Gedanke."

„Aha."

Ich ignorierte ihn und fuhr fort: „Was ist, wenn jemand das Haus nebenan als Drogenlager benutzt? Es steht seit fast einem Jahr leer."

„Das hätten wir doch bemerkt. Oder etwa nicht?"

„Nicht unbedingt." Obwohl es mich schmerzte, das zuzugeben. Wie peinlich, wenn eine Privatdetektivin nicht mitbekam, dass im Haus nebenan ein Drogenlabor war. „Ich könnte mich zwar irren, aber ich werde das überprüfen."

Ich eilte durch meinen Garten zum Holztor hinunter, das in den des Nachbarn führte. Dasselbe Tor, in das ein Siegel eingebrannt war, das Ben offenbar daran hinderte, einzutreten. Ich hatte versucht, es abzukratzen, zu verbrennen oder zu übermalen, aber das verflixte Ding ließ sich nicht entfernen. Das bewies, dass Mrs Hill eine größere Hexe war, als alle gedacht hatten.

„Fitz! Fitz!", zischte Ben und jagte mir nach, wobei er an dem unsichtbaren Kraftfeld abprallte. „Du kannst da nicht rein."

„Ähm, natürlich kann ich!" Ich huschte im

Zickzack durch den Garten, duckte mich hinter Sträuchern, nur für den Fall, dass tatsächlich jemand drinnen war und Wache hielt. Ich hockte mich unter einen Zierapfelbaum und hob den Kunststein am Fuß des Stammes hoch. „Thor hat mir von Mrs Hills Ersatzschlüssel erzählt", flüsterte ich und fuchtelte mit dem Schlüssel in der Luft herum.

Ich rannte zur Hintertür und lehnte mich an die Wand, während ich die ganze Zeit die Melodie von *Mission Impossible* im Kopf hatte. Ich schob mich an der Wand entlang, beugte mich vor und spähte durch die Glasscheibe der Hintertür. Ich konnte nichts sehen. Ich drückte mich wieder an die Wand und riskierte einen weiteren Blick. Immer noch nichts. Ich drückte ein Ohr an das Fenster, um zu lauschen. Kein einziger Ton.

So leise wie möglich schob ich den Schlüssel ins Schloss und drehte ihn, wobei das Rumpeln des Zylinders unvorstellbar laut war. Die Tür öffnete sich mit einem Knarren und ich erstarrte auf der Schwelle. Nichts passierte. Ich trat ein und holte tief Luft. Es roch muffig. Abgestanden. Als ob seit einem Jahr oder so niemand mehr eine Tür oder ein Fenster geöffnet hätte. Langsam machte ich mich auf den Weg ins Haus. Es war nichts zu sehen.

Buchstäblich nichts. Das Esszimmer war leer, die Bilder, die an der Wand gehangen hatten, waren verschwunden. Keine Möbel, keine Deko, keine Spitzendeckchen. Die Jalousien und Vorhänge waren zugezogen und hielten das Tageslicht zurück, aber es war trotzdem hell genug, um etwas zu sehen. Und was ich sehen konnte, sagte mir, dass hier niemand wohnte. Thor und Bandit hatten sich geirrt.

Fast wäre ich wieder gegangen, aber irgendetwas zog mich in Richtung des vorderen Schlafzimmers. Der Raum, in dem Mrs Hill ein Pentagramm in den Boden geätzt und sich darauf vorbereitet hatte, ein Blutopfer aus mir zu machen. Ich konnte einfach nicht widerstehen. Ein letzter Blick, dann würde ich mit der Sache abschließen und wieder verschwinden. Wer auch immer einen Stein nach Bandit geworfen hatte, wohnte nicht hier. Es musste ein Passant gewesen sein.

Meine Finger schlossen sich um den Türknauf und mein Herz setzte einen Schlag aus, während mir der Schweiß den Rücken hinunterlief. „Warum tust du dir das überhaupt an?", fragte ich mich leise und drehte den Knauf. In dem Zimmer war es dunkel, viel dunkler als im Rest des Hauses. Ich musste blinzeln, um etwas zu sehen. War das Pentagramm noch auf dem Boden? Ich nahm es an, da sie es mit einem Messer eingeritzt hatte. Um es loszuwerden, hätte man die Dielen austauschen müssen, und ich hatte keine Bauarbeiter mehr gesehen, seit sie ... weg war.

Ich kniff die Augen zusammen, weil es so dunkel war, und wollte gerade nach meinem Handy greifen, um die Taschenlampen-App zu benutzen, als ich gegen etwas stieß. War das ein Stuhl? Er machte ein quietschendes Geräusch, als er über den Boden schabte. Warum befanden sich in diesem Zimmer Möbel, während der Rest des Hauses leer war?

Dann ging alles sehr schnell und gleichzeitig in Zeitlupe. Ich war bereits erschrocken und hielt den Atem an, dann wurde mir schwindelig. Als ein harter Gegenstand in meinen Rücken gedrückt wurde und eine Stimme „Stehen bleiben" in mein Ohr brummte, reagierte ich instinktiv und adrenalingeladen. Ich schnappte mir meinen Elektroschocker, drückte den Abzug zusammen und die Zinken hatten festen Kontakt mit demjenigen, der hinter mir stand, noch bevor ich mich umgedreht hatte.

Ich hörte das Zischen des Tasers, das *Aaaah* meines Angreifers, spürte das Zischen, als etwas an meinem Kopf vorbeiflog, und hörte dann ein gewaltiges Krachen, als er auf den Boden fiel. Ich brachte meinen Taser an die Vorderseite meines Körpers, griff ihn mit beiden Händen, drehte mich um und richtete ihn auf die Stelle, an der ich meinen Angreifer auf dem Boden vermutete. Aber natürlich war es so verdammt dunkel, dass ich nur eine schwarze Gestalt sehen konnte. Ich machte einen Schritt zurück, griff nach dem Lichtschalter und drückte ihn ein paar Mal, aber nichts geschah. Natürlich. Kein Strom. Was wiederum keinen Sinn ergab, da Thor und Bandit gesagt hatten, sie würden das Licht ausmachen, wenn ich in der Nähe war. Also musste es hier irgendwo eine Stromversorgung geben.

Ich schob mich in Richtung Fenster und da bemerkte ich, dass es mit schwarzer Plastikfolie überzogen war, das an den Rändern mit Klebeband befestigt war.

Ich griff nach oben und zog sie weg. Licht durchflutete den Raum und brachte die Staubmotten zum Vorschein … Und Megan Sullivan, die sich nur mit Mühe aufsetzen konnte.

„Megan!", keuchte ich und traute kaum meinen Augen. Sie sah allerdings nicht mich an, sondern etwas auf dem Boden neben meinem Fuß. Ich blickte nach unten und wurde blass, als ich sah, was es war. Eine Waffe. Das war es, was man mir in den Rücken gedrückt hatte. Das war an meinem Kopf vorbeigeflogen, als ich sie getasert hatte.

Ich schob den Elektroschocker zurück in meinen Hosenbund, bückte mich und hob die Waffe auf, wobei ich versuchte, nicht zu zittern. Ich zielte auf sie. „Keine Bewegung. Kommen Sie langsam hoch und stellen Sie sich mit dem Rücken an die Wand", befahl ich.

„Sie müssen sich schon entscheiden", höhnte sie. Ihre Stimme war eiskalt, ihre Augen emotionslos. „Nicht bewegen oder mit dem Rücken an die Wand stellen. Ich kann nicht beides machen."

Ich gestikulierte mit der Waffe. „Werden Sie bloß nicht frech. Gehen Sie langsam zurück und legen Sie die Hände hinter den Kopf." Ich hatte keine Ahnung, was ich da tat.

„Sie haben zu viele Polizeifilme gesehen", brummte sie, gehorchte aber.

Ich behielt sie im Auge, während ich mich gleichzeitig im Raum umschaute. An der gegenüberliegenden Wand befand sich ein langer Tisch. Darauf standen eine Waage, kleine leere Plastiktüten und drei größere Tüten mit jeweils anders farbigen Pillen. Allerdings kein Labor. Megan kochte hier zwar kein Meth, aber sie verteilte zweifellos etwas.

„Sie sind diejenige, die Drogen verkauft?"

„Herzlichen Glückwunsch, Captain Obvious."

Hey, das war mein Text! Ich runzelte verwirrt die Stirn. „Aber ich habe gesehen, wie Sie Drogen von Jay gekauft haben."

„Haben Sie das?"

„Nun … ja … das habe ich."

„Mein Gott, sind Sie dumm", spottete sie und ihre Stimme triefte vor Verachtung.

„Nun, vielleicht könnten Sie es mir ja ganz langsam erklären", schnauzte ich sie an, irritiert darüber, dass diese zwanzig Jahre alte Modeerscheinung die Oberhand über mich gewonnen hatte.

Sie legte den Kopf schief und lachte. „Nein, ich denke nicht, dass ich das tun werde."

Da ich nicht wusste, was ich sonst tun sollte, hielt ich die Waffe auf sie gerichtet und rief Galloway an. Die Mailbox.

„Verdammt!", rief ich frustriert. „Könntest du bitte ans Telefon gehen? Das hier kann nicht warten. Ich rufe jetzt auf dem Revier an." Ich beendete das Gespräch, und während ich mich auf mein Telefon konzentrierte, warf Megan sich auf mich. Wir fielen beide zu Boden, aber Megan Sullivan hatte definitiv nicht damit gerechnet, dass ich äußerst kampflustig war ... und nicht immer fair kämpfte. Zugegeben, sie hatte keine Keimdrüsen, in die ich mein Knie pressen konnte, aber ein gut platzierter Tritt konnte einer Frau trotzdem die Tränen in die Augen treiben. Und diese Tatsache nutzte ich nun sehr eindrucksvoll.

Ich behielt weiterhin die Waffe in der Hand und tat alles, um sie nicht zu erschießen, aber ich hatte keinen Zweifel daran, dass sie nicht zögern würde, mich zu erschießen, sollte sie die Pistole in die Hände bekommen. Ich packte sie an den Haaren und zog kräftig daran. Daraufhin verpasste sie mir einen Kopfstoß und ich sah Sternchen. Aber obwohl ich benommen war, behielt ich die Waffe in der Hand, selbst als ich spürte, wie ihre Finger sie umschlossen und versuchten, sie mir aus der Hand zu reißen.

Ein Schuss löste sich und der Knall war so laut, dass meine Ohren klingelten und Gipsstücke von der Decke herab regneten.

„Oh Mann, sehen Sie, was Sie angerichtet haben!", schrie ich.

Sie nutzte meinen Moment der Unachtsamkeit aus und sprang auf meinen Rücken. Ich drehte mich im Kreis, während sie an mir hing, und hatte große

Mühe, nicht umzufallen. Sie legte einen Arm um meine Kehle und drückte zu, um mir die Luftzufuhr abzuschneiden. Ich lehnte mich so weit nach vorne, wie ich konnte, und schleuderte plötzlich den Kopf nach hinten, wobei mein Hinterkopf mit einem befriedigenden Knirschen ihr Gesicht traf. Ihr Griff lockerte sich, ich fiel nach hinten und schleuderte sie gegen die Wand.

Sie fiel zu Boden, Blut floss aus ihrer Nase, und ich setzte mich sofort auf sie. Genau so fand uns Galloway kurze Zeit später vor.

„Oh, hi", meinte ich grinsend und zuckte zusammen, als ich den Druck auf meine geprellte Lippe spürte. Ich hatte Probleme, auf einem Auge zu sehen, und vermutete, dass ich ein ziemlich dickes Veilchen bekommen würde.

Galloway stand in der Tür, die Hände in die Hüften gestemmt, und betrachtete die Szene. Seine Augen musterten mein Gesicht gründlich und ich bemerkte einen Anflug von Sorge, bevor er sich Megan zuwandte.

„Du kannst jetzt von ihr runtergehen, Audrey." Er holte seine Handschellen heraus und ging auf sie zu.

Ich hatte die Waffe immer noch in der Hand und hielt sie ihm vorsichtig hin. „Nimm das, bevor ich mich aus Versehen erschieße."

„Sie können Sie auch mir geben, wenn Sie wollen", stöhnte Megan. „Ich würde Sie mit Vergnügen erschießen."

Galloway ignorierte sie, nahm die Pistole, prüfte, ob sie gesichert war, und steckte sie in seinen Gürtel. Dann streckte er eine Hand aus und ich legte meine hinein, sodass er mir auf die Füße helfen konnte. Unsere Oberkörper berührten sich kurz und ich hörte, wie er tief einatmete. „Alles okay?" Seine Stimme war tief und leise.

„Alles okay", sagte ich übertrieben laut. Der Knall des Schusses könnte mein Gehör geschädigt haben.

Galloway zog Megan hoch, drehte sie mit dem Gesicht zur Wand und legte ihr die Handschellen an, während er ihr ihre Rechte vorlas. Ich richtete meine Kleidung und ging nach draußen, wo ich an Sergeant Addison Young und Officer Noah Walsh vorbeikam.

„Wow, Audrey, Sie sehen ein bisschen mitgenommen aus", meinte Addison. „Sollen wir Ihnen einen Krankenwagen rufen?"

„Ach was, nein. Das", ich zeigte auf mein Gesicht, „sind nur blaue Flecken."

„Da ist Blut auf Ihrer Bluse", sagte Noah.

„Nicht meins. Aber da fällt mir etwas ein." Ich

drehte mich um und wollte gerade wieder hinein gehen, als Galloway Megan hinausführte. Ich trat vor sie und zwang sie zum Stehenbleiben. „Wirf nie wieder Steine auf Tiere!", schrie ich so laut, dass sie zusammenzuckte. „Das ist total gemein. Und Tierquälerei." Dann lenkte ich meine Aufmerksamkeit auf Galloway, der mit einem süffisanten Grinsen dastand. „Könntest du das zu den Anklagepunkten hinzufügen? Was denn?" Ich runzelte verwirrt die Stirn. Was war so lustig?

„Du schreist", sagte er.

„Das liegt daran, dass meine Ohren noch klingeln", rief ich als Antwort. „Die Waffe ging los. Oh, Mist. Ich muss doch nicht für die Schäden aufkommen, oder? Denn ich werde ganz bestimmt nicht die Reparatur der Decke bezahlen. Das ist schließlich ihre Waffe."

„Nein, du haftest nicht dafür. Entspann dich." Galloway übergab Megan an Addison und Noah, die sie zu dem wartenden Streifenwagen brachten. „Ich weiß, dass du dich selbst nicht richtig hören kannst, aber glaube mir, der Rest von uns kann es."

Ich bemühte mich, die Stimme zu senken. „Okay. Besser?"

„Besser." Er trat vor, hielt mein Gesicht gegen das Licht und begutachtete meine blauen Flecken. Eine dicke Lippe und ein blaues Auge waren im Großen und Ganzen nicht so schlimm. „Wie fühlst du dich?", fragte er und strich mit dem Daumen sanft über mein Kinn.

„Ehrlich gesagt, mir geht es gut. Das Adrenalin wirkt noch. Apropos blaue Flecken, wie geht es Jay?"

„Er ist inzwischen aufgewacht. Und er ist sehr gesprächig."

„Und?"

„Er hat Megan sofort verraten. Sie steckt hinter all dem."

„Das war es, was mich so verwirrt hat", gab ich zu. „Ich schwöre, dass ich gesehen habe, wie sie Drogen von Jay gekauft hat. Aber wie kann das sein, wenn sie die Dealerin ist?"

„Das war eine Falle. Sie wusste, dass du da warst und musste dich irgendwie loswerden. Und was gab es da Besseres, als dich glauben zu lassen, sie kaufe für den Eigenbedarf Drogen? Dass sie das Opfer war. Mehr oder weniger."

„Und Jay hat dabei mitgemacht?"

„Jay war absolut ahnungslos. Sie hat sich eine komplizierte Geschichte ausgedacht, dass sie eine schlechte Charge hatte, ein Käufer sein Geld zurück haben wolle, sie aber nicht zum Haus gehen könnte, um sich darum zu kümmern. Also hat sie ihm die Drogen gegeben, und er hat ihr das Geld gegeben, um es dem so genannten Kunden zurückzugeben."

„Und darauf ist er reingefallen?"

Galloway zuckte mit den Schultern. „Sieht so aus."

Kluges Mädchen. Es hatte funktioniert. Sie hatte mich reingelegt und ich hatte den Köder geschluckt.

„Glaubst du, sie hat Dean getötet?"

Bevor er antworten konnte, ertönte ein Schrei aus der Garage und Officer Tom Collier steckte den Kopf heraus. „Galloway?", rief er. „Ich habe etwas gefunden."

Ich folgte Galloway. In der Garage stand Megans roter Kombi. Ich schlug mir auf die Stirn. *Natürlich!* Das war es, was Dean in der Nacht seines Todes gesehen hatte. Ein Auto kam die Straße entlang und bog vor meinem Haus ab. Weil sie in die leere Garage von Mrs Hill gefahren war.

„Was haben Sie gefunden?", fragte Galloway und schnappte sich seine Handschuhe.

Tom hielt eine blonde Perücke hoch.

„Sie war es", sagte ich laut. Sie hatte die Perücke getragen, damit sie wie Leah aussah. Um ihr die Sache anzuhängen, falls jemand in dieser Nacht ihr Auto sehen würde. Eines musste ich ihr lassen. Sie war ziemlich gerissen. „Aber reicht das als Beweis, dass sie Dean getötet hat?"

Galloway schwieg einen Moment und inspizierte die Perücke. „Die Perücke allein? Nein. Aber die Blutspuren nicht nur auf ihr, sondern auch auf dem Handschuhfach? Wenn sie von Dean Ward stammen, wird sie ganz sicher wegen Mordes verurteilt."

KAPITEL 17

ch ignorierte die beiden Geister, die in meiner Einfahrt standen, machte meine Aussage und kehrte nach Hause zurück.

„Ich kann nicht glauben, dass es Megan war", sagte Dean ungläubig. „Ich kenne sie, seit sie ein Kind war! Sie war immer so süß gewesen."

Ich schnaubte. „Süß ist nicht das Wort, das ich verwenden würde. Von den wenigen Begegnungen, die ich mit ihr hatte, scheint ‚bissig' der passende Begriff zu sein." Obwohl, damals im Krankenhaus, als Amy mit einer Überdosis eingeliefert worden war … Inzwischen fragte ich mich, ob Megans Sorge nur gespielt gewesen war. Hatte sie ihrer Freundin absichtlich Drogen verabreicht, um den Verdacht von sich abzulenken?

„Was passiert jetzt?", fragte Dean und rieb die Hände aneinander.

Ben und ich sahen erst uns an, dann schauten wir uns in meinem Wohnzimmer um. Normalerweise würde an diesem Punkt ein weißes Licht erscheinen, aber nichts geschah und ich stöhnte auf. Ich war mir nicht sicher, ob ich mit einem weiteren Vollzeitgeist zurechtkommen würde. Mit Ben kam ich klar, weil er mein bester Freund war, und ihn sehen und mit ihm reden zu können, war es mir wert. Aber Dean? Ihn mochte ich nicht einmal wirklich und ich hatte definitiv keine Lust, ihn rund um die Uhr um mich zu haben.

„Halten Sie Ausschau nach einem sehr hellen Licht. Wenn Sie es sehen, gehen Sie hinein", wies ich an und ging ins Bad, um den Schaden in meinem Gesicht zu begutachten. Auf meinem Wangenknochen, meinem Auge und meiner Schläfe bildeten sich dunkle Blutergüsse und meine Unterlippe war dick und färbte sich allmählich lila. Aber sie war nicht aufgeplatzt und es war kein Blut zu sehen. Ich schnappte mir einen sauberen Waschlappen, hielt ihn unter den Wasserhahn und drückte ihn auf meine geschundene Haut, bevor ich ins Wohnzimmer zurückkehrte, mich auf das Sofa fallen ließ und den Waschlappen auf das Gesicht presste.

„Ist das alles?", jammerte Dean. „Ausschau halten? Sie sind ja eine tolle Privatdetektivin."

„Hey", schnauzte Ben ihn an. „Sie hat deine Ermordung aufgeklärt."

„Aus Versehen", sagte ich. Ich hatte immer noch Leah für die Mörderin gehalten, als ich über Megan und ihren teuflischen Plan gestolpert war.

„Woher wusste Megan, dass ich hinter ihr her war, obwohl ich das eigentlich gar nicht war?", fragte Dean.

„Eine ausgezeichnete Frage. Ich habe keine Ahnung."

„Wartet", sagte Ben und tippte sich ans Kinn. „Du sagtest, du hättest dich entschieden, Audrey zu engagieren, nachdem du die leere Tüte und die Telefonnummer auf der Serviette gefunden hattest, richtig?"

„Nun, ja, irgendwie schon. Ich rief zuerst die Nummer an, und als die Person sich meldete, aber nichts sagte, war das für mich eine Art Bestätigung, dass etwas vor sich ging."

Ben und ich sahen uns an.

„Es war Megan, die ans Telefon gegangen war", meinte Ben.

Ich nickte und schnippte mit den Fingern. „Ich wette, sie hat Ihre Stimme erkannt, Dean. Schließlich haben Sie und ihr Dad im Laufe der Jahre viel miteinander gesprochen. Sie hatte bestimmt schon früher mit Ihnen telefoniert."

„Das stimmt."

„Da hat sie das Telefon weggeworfen", sagte Ben.

„Ja, aber warum sollte sie es in ihrem eigenen Mülleimer entsorgen? Das ist doch verrückt." Dean rieb sich nachdenklich mit einer Hand den Nacken.

„Nicht, wenn man versucht, jemand anderem etwas anzuhängen. Denken Sie mal darüber nach." Ich hob die Hand und zählte an den Fingern ab. „Erics Manschettenknöpfe wurden unter Ihrem Bett gefunden, obwohl er nie einen Fuß in Ihre Wohnung gesetzt hatte. Eine Blondine, die Megans Auto fährt – wie sich später herausstellt, trug sie eine Perücke. Natürlich wirft sie das Telefon in ihre eigene Mülltonne. Sie wollte, dass es so aussah, als hätte Leah das Telefon weggeworfen."

„Sie wusste definitiv von der Affäre zwischen ihrem Vater und Leah." Ben verschränkte die Arme und lehnte sich in dem Sessel zurück, über dem er gerade schwebte.

„Und sie beschloss, Leah dafür bezahlen zu lassen." Dean seufzte und sah ziemlich traurig aus.

In diesem Moment kribbelten meine Nackenhaare und ein unheilvolles Gefühl überkam mich. Durch die Wand hindurch erschienen die drei dunklen Geister. Ich fuhr hoch und hielt mir die Hand vor die Brust. Dean hatte recht. Sie verfolgten ihn definitiv.

Ich sprang auf, streckte die Hand aus, um sie aufzuhalten, und fragte: „Wer sind Sie? Was wollen Sie? Wissen Sie nicht, dass es unhöflich ist, einfach durch die Wand eines anderen zu gehen?"

Die Geister blieben stehen und drehten sich langsam in meine Richtung. Schwarzer Nebel senkte sich von ihnen ab und kroch über den Boden. Ich schluckte und mein kurzer Moment des Mutes verflog schnell. Zu meinem großen Erstaunen nahmen die Geister allmählich Gestalt an. Das Schwarz löste sich auf und gab den Blick frei auf drei Männer mittleren Alters, die wie Gangster der 1920er-Jahre gekleidet waren, mit Trägerhemden und Hosenträgern, Filzhüten und Zigarrenstummeln. Sie alle hatten Ähnlichkeit mit Al Capone.

„Hallo, Püppchen", meinte einer von ihnen und trat vor, während ich einen Schritt zurücktrat, nur um gegen das Sofa zu stoßen und mit dem Hintern auf die Kissen zu fallen. „Sie kann uns sehen, Jungs!"

„Also, was ist deine Crux?" Ein anderer trat vor und knackte mit den Fingerknöcheln, was noch effektiver gewesen wäre, wenn man das Knacken der Knöchel tatsächlich hätte hören können.

„Crux?" Ich schluckte schwer.

„Ja, du weißt schon, Problem? Also, was ist dein Problem, Puppe?"

Der erste Mann nahm seinen Hut ab und schlug seinen Kumpel damit. „Das hat sie dir doch schon gesagt, du Trottel. Sie mag es nicht, wenn man durch ihre Wände geht, verstehst du? Das ist un-höf-lich." Er wandte sich mir zu und verbeugte sich. „Erlauben Sie mir, mich vorzustellen. Ich bin Tommy. Das hier ist Bruno." Er deutete auf den knöchelknackenden Geist. „Und das ist Arnold." Er zeigte mit dem Daumen auf den dritten Geist. Mit den zurückgekämmten Haaren und den glatt rasierten Gesichtern sahen sie sich alle ziemlich ähnlich.

„Okay", meinte ich und nickte kurz.

„Und Sie sind?"

„Audrey Fitzgerald, Privatdetektivin." Ich zwang mich auf die Beine und fühlte mich deutlich im Nachteil, weil Tommy mich ein gutes Stück überragte.

„Sie ist eine Schnüfflerin?", brüllte Arnold.

„Nun, das ist einfach großartig." Tommy lüftete

den Hut und warf ihm einen wütenden Seitenblick zu. „Wenigstens sind Sie kein Bulle, sondern nur eine Schnüfflerin."

Ich hatte keine Ahnung, was er meinte. Hätte ich gewusst, dass sie auftauchten, hätte ich meinen Wortschatz aus den 1920er-Jahren aufgefrischt.

Schließlich ergriff Ben das Wort. „Ich glaube, sie wollen damit sagen, dass du wenigstens nicht bei der Polizei bist. Was können wir für Sie tun, meine Herren?"

Bruno musterte ihn von oben bis unten und schlug drohend mit der Faust auf die offene Handfläche der anderen Hand. Tommy ruckte mit dem Kopf und Bruno grummelte leise vor sich hin, hörte aber mit dem Drohgebaren auf.

„Sie sind eine gut aussehende Lady", sagte Tommy. „Aber wir wollen keinen Ärger, verstehen Sie?"

„Ich auch nicht", versicherte ich ihm. „Brauchen Sie Hilfe beim Rübergehen?"

Alle drei Männer sahen erst mich an, dann sich, bevor sie in Gelächter ausbrachen.

„Was für eine Göre", meinte Arnold lachend. „Warum sollten wir das wollen? Nachdem wir das große Los gezogen hatten, waren wir frei. Warum sollten wir das ändern?"

Ich zuckte mit den Schultern. Zum Teil, weil ich mir nicht hundertprozentig sicher war, was er meinte, aber ich nahm an, dass es in etwa so war, dass ihr Tod ihnen große Freiheiten gab und sie keinen Grund sahen, hinüber oder weiter zu gehen. Das war jedenfalls meine Interpretation.

„Als wir sahen, wie sie das Weib in Handschellen wegbrachten, dachten wir, dass wir unseren Ganoven hier finden würden."

„Sie sind wegen Dean hier?", fragte Ben und deutete auf den blassen Geist, der hinter Ben stand, als ob er ihn beschützen könnte.

„Auch ein Schwarzhändler. Ich denke, es ist an der Zeit für frisches Blut."

Dean blinzelte. „Ihr wollt, dass ich eurer ... Gang beitrete?"

„Endlich benutzt er sein Hirn", schnaubte Bruno, während Tommy nickte und den Mund zu einem halben Grinsen verzog. „Was sagst du? Bist du bereit, von hier wegzugehen?"

Bevor Dean antworten konnte, richtete Tommy seine Aufmerksamkeit auf mich. „Entschuldigen Sie, dass wir durch Ihre Wand gegangen sind. Wir lassen Sie ab sofort in Frieden. Kommst du?" So schnell wie seine Aufmerksamkeit auf mich gerichtet war, wandte er sich nun Dean zu.

„Nun?", hakte ich nach. „Gehen Sie?"

Bitte sag ja, bitte sag ja.

„Das kommt darauf an. Wohin gehen wir?"

„Nach Chicago!", erklärte Tommy und rieb die Hände aneinander. „Da gibt es einen Ganoven, auf den ich ein Auge geworfen habe, den Urenkel einer Puppe, die ich mal kannte. Ah, Daisy, das war eine Kanone."

„Nach Chicago?", wiederholte Dean. „Das klingt gut. Ich bin dabei."

Ben und ich sahen mit offenem Mund zu, wie sich die vier Geister in einem dunklen Nebel auflösten und durch die Wand verschwanden.

„Nun. Das war …", begann Ben.

„Unerwartet?", beendete ich seinen Satz. Ich hatte gedacht, die Geister wären bösartig, aber wie sich herausstellte, waren sie relativ harmlose Gangster. Obwohl ich bezweifelte, dass sie es zu schätzen wüssten, wenn man sie für harmlos hielte.

„Und was steht als Nächstes an?", fragte Ben.

„Ein Abendessen bei meinen Eltern."

---

*W*ir brauchen ein größeres Esszimmer", scherzte Dad,

während er seine Enkel Isabelle, Madeline und Nathaniel beobachtete, die auf einer Picknickdecke im angrenzenden Wohnzimmer saßen und sich Makkaroni mit Käse in den Mund schoben. Grace schlief in ihrem Kinderwagen und ich hatte mich zu Laura und Mom gesellt, die sie ganz entzückt anstarrten. Und wer könnte ihnen das verdenken? Sie war einfach bezaubernd.

„Ich kann nicht glauben, dass du schon aus dem Krankenhaus entlassen wurdest", sagte ich zu Laura. Um ehrlich zu sein, konnte ich kaum glauben, dass sie aufrecht stehen und herumlaufen konnte. Da war so viel Blut gewesen. Und Schmerz. Ein Schauer durchlief mich.

„Heutzutage bleibt man nach einer Entbindung nicht mehr lange im Krankenhaus, vor allem nicht, wenn es nicht die erste war", erklärte Laura. „Wie geht es dir?"

„Mir geht es gut", meinte ich grinsend und zuckte bei dem Druck auf meiner Lippe zusammen.

„Ich meine nicht dein Gesicht. Das wird heilen. Ich meine, wie es dir geht, nachdem du die Geburt deiner Nichte miterlebt hast."

„Abgesehen von der posttraumatischen Belastungsstörung geht es mir gut", scherzte ich. Und dem war auch so. Mehr oder weniger. Ich war mir immer noch nicht sicher, ob ich Kinder wollte, aber Galloway hatte recht. Ich musste mich nicht sofort entscheiden. Dafür blieb noch genug Zeit.

„Audrey? Bitte, setz dich", rief Amanda hinter uns. Ich drehte mich um und sah sie neben einem Stuhl im Esszimmer stehen, ein Kühlakku in der Hand. „Lass mich das auf das Auge legen. Das hilft gegen die Schwellung."

„Okaaaay." Ich schaute von Laura zu Amanda und wieder zurück. „Das ist seltsam, oder? Sie verhält sich seltsam", flüsterte ich.

„Definitiv", stimmte Laura zu. „Normalerweise würde sie dir eine Strafpredigt halten, weil du Megans Schläge mit dem Gesicht abgewehrt hast. Aber sie sagt keinen Ton dazu."

„Das liegt an der Wette. Ich habe sie gewonnen." Ich nickte.

„Schön zu sehen, dass sie ihren Teil der Abmachung einhält." Doch Lauras Augen hatten sich zu schmalen Schlitzen verengt, als wir beide unsere Schwägerin beäugten.

„Mal sehen, wie lange das anhält", meinte ich grinsend, bevor ich Amandas Wunsch nachgab und es mir auf dem Esszimmerstuhl bequem machte, während sie mir den Kühlakku reichte. Er fühlte sich in der Tat göttlich auf dem schmerzenden

Wangenknochen und der Augenhöhle an. Vielleicht, nur vielleicht, hatten Amanda und ich eine Wende in unserer Beziehung vollzogen, und sie würde endlich aufhören, mich reparieren zu wollen. Das wird vermutlich nur die Zeit zeigen.

„Ich habe noch etwas für dich", sagte Amanda und verschwand in der Küche, um kurz darauf mit einem Tablett voller Speisen zurückzukehren.

Sie stellte es vor mir ab und Kaffeeduft lag in der Luft. Ich beugte mich vor und atmete tief ein. Mein schmerzendes Gesicht war vergessen.

„Amanda hat den ganzen Nachmittag gebacken und gekocht", meinte Mom stolz. „Nur zu, Amanda, sag Audrey, was das alles ist."

Amanda zeigte nacheinander auf jeden einzelnen Teller. „Hier gibt es Café-Mokka-Kekse, Espresso-Schokoladen-Brownies, Kaffeekuchen-Muffins, mit Kaffee geröstete Süßkartoffel-Pommes und schließlich in Kaffee mariniertes Steak."

Ich blinzelte. „Wow. Du hast dich selbst übertroffen."

„Du hast die Wette eindeutig gewonnen." Sie biss sich auf die Lippe, unfähig, sich einen letzten Hinweis zu verkneifen. „Aber … iss nicht alles auf einmal. Bitte! Wenn du das alles auf einmal isst, wirst du aus den Latschen kippen, und ehrlich gesagt glaube ich nicht, dass dein Gesicht noch mehr Schaden verträgt."

„Entspann dich, Amanda. Das würde mir nicht einmal im Traum einfallen. Hier. Nimm einen Café-Mokka-Keks." Ich hielt ihr den Teller mit den Keksen hin. Amanda nahm einen und knabberte mit ihren gleichmäßigen weißen Zähnen daran. Dann wandte ich meine Aufmerksamkeit wieder dem Tablett mit den Kaffeespeisen zu. Nachdem ich die ganze Woche von solchen Genüssen geträumt hatte, wurden meine Träume endlich Wirklichkeit.

„Kommt schon, Leute, helft mit. Amanda hat tatsächlich recht. Wenn ich das alles selbst esse, werde ich bis nächste Woche herumzappeln. Haut rein."

„Warte", sagte Dustin. „Habe ich richtig gehört? Hast du gerade gesagt, dass Amanda recht hat?"

„Ha ha." Ich warf einen Brownie nach ihm, der von seinem Kopf abprallte. Galloway fing ihn auf, bevor er zu Boden fiel.

„Guter Fang", meinte ich lachend.

Er zwinkerte mir zu und nahm einen Bissen von dem Brownie. „Ich weiß."

WAS KOMMT ALS NÄCHSTES?

WOHIN DES GEISTES

Die Leitung einer Privatdetektei in Firefly Bay wäre so viel einfacher, wenn nicht ein Dutzend älterer Geister jeden meiner Schritte verfolgte.

Eigentlich will ich nur meine Fälle lösen, in Ruhe meinen Kaffee genießen, mit dem superheißen Polizisten Captain Cowboy Hot Pants oder – wie er lieber genannt wird – Detective Kade Galloway, ausgehen und meine liebenswerte, aber auch manchmal nervtötende Familie davon abhalten, mein Geheimnis herauszufinden. Ich kann nämlich Geister sehen und mit ihnen reden.

Aber bevor ich *Milchkaffee* sagen kann , habe ich eine tote Krankenschwester, deren Tod kein Unfall war, ein Haus voller übernatürlicher Senioren, einen sprechenden Kater, der nicht versteht, dass die Diät, auf die ich ihn gesetzt habe, in seinem eigenen Interesse ist (seine Fellknäuel-Geschenke in meinen Schuhen sind völlig unangebracht), und einen faszinierenden neuen Nachbarn, der mich (mehr als einmal) dabei erwischt hat, wie ich mit Geistern rede.

Hoffentlich kann ich das Rätsel lösen, warum ich plötzlich zu einem Geistermagneten geworden bin, und die Verstorbenen überzeugen, weiterzuziehen, bevor man mich noch in eine Zwangsjacke steckt und abtransportiert.

Begleiten Sie Audrey Fitzgerald im neuen Fall dieser Geisterdetektivin-Serie mit einem sprechenden Kater, einem Geist und einem Mordfall, der gelöst werden will!

Sind Sie ein Fan der Reihe um die Geisterdetektivin? Dann melden Sie sich für meinen Newsletter an und erfahren Sie als Erste, wenn *Wohin des Geistes* veröffentlicht wird!

Melden Sie sich hier an://janehinchey.-com/subscribe-deutsch/

NACHWORT

Vielen Dank fürs Lesen! Wenn Ihnen dieses Buch gefallen hat, würde ich mich sehr über eine Rezension freuen.

Eine vollständige Liste meiner Bücher, einschließlich aller Serien und in der Reihenfolge ihres Erscheinens, finden Sie auf meiner Website unter:

www.janehinchey.com

Eine vollständige Liste der deutschen Übersetzungen finden Sie unter: www.janehinchey.com/deutsch

Melden Sie sich hier für meinen deutschen Newsletter an: https://janehinchey.com/subscribe-deutsch/

Natürlich können Sie auch meiner Lesergruppe auf Facebook beitreten:

www.JaneHinchey.com/LittleDevils

Vielen Dank, dass Sie mein Buch gelesen haben. Lesende wie Sie machen diese Reise lohnenswert und schüren meine Leidenschaft für das Geschichtenerzählen. Ihre Unterstützung bedeutet mir sehr viel und ich kann es kaum erwarten, in Zukunft weitere spannende Geschichten mit Ihnen zu teilen.

xoxo

Jane

ÜBER JANE

Hallo zusammen! Ich heiße Jane und schreibe Urban-Fantasy-Romane und Cosy Mystery Crimes. Aber wenn ich ehrlich bin, versuche ich in Wirklichkeit nur, meine Liebe zu Katzen, Kaffee und Romantik zum Beruf zu machen.

Zu meinen Hobbys gehört es, meine Katzen auszutricksen, mich in einem guten Buch zu verlieren und so zu tun, als wäre ich eine Pflanzenliebhaberin (während ich tatsächlich eine Menge Plastikpflanzen besitze).

In meiner Freizeit schaue ich mir gerne Dokumentationen über wahre Verbrechen an, plane meinen nächsten Urlaub und perfektioniere mein

,Lesegesicht'. Außerdem glaube ich fest an die Kraft des Powernaps und bin bekannt dafür, ihn bei jeder Gelegenheit zu machen.

Hier können Sie mich stalken:

Facebook: www.facebook.com/ janehincheyauthor

Instagram: www.instagram.com/ janehincheyauthor

Amazon: www.amazon.com/jane-hinchey/e/ B0193449MI

BookBub: www.bookbub.com/authors/jane-hinchey

Milton Keynes UK
Ingram Content Group UK Ltd.
UKHW040637050923
428087UK00001B/24

9 781922 745286